La musa de la plaça Reial

La musa de la plaça Reial

Rafael Vallbona

Univers | NOIR

Primera edició: setembre del 2022

Disseny de la col·lecció: Enric Jardí
Realització de la coberta: Freire Diseño Editorial
Imatges de la coberta: Stefano Politi Markovina i
Gabriel Alain Veg (Alamy Stock Photo).
Fotomuntatge d'Alfons Freire
Maquetació de l'interior: Mireia Barreras

Direcció editorial: Ester Pujol

Univers és un segell de Grup Enciclopèdia
Josep Pla, 95
08019 Barcelona

Imprès a Romanyà Valls

Dipòsit legal: B-8.707-2022
ISBN: 978-84-18887-40-6
Imprès a la UE

En memòria d'en Xavier Coma (1932-2017),
savi dels plaers del jazz, les novel·les i el cine.

I de l'Ana Portnoy (1950-2020),
testimoni de la mirada dels escriptors.

... y así va el mundo y el jazz es como un pájaro que migra o emigra o inmigra o transmigra, salta barreras, burla aduanas, algo que corre y se difunde...

Julio Cortázar

En general, el jazz sempre ha estat com la mena d'home que no voldries per a la teva filla.

Duke Ellington

Aquesta novel·la està inspirada en un seguit de fets que van succeir a Barcelona entre 1962 i 1964. Hi apareixen personatges reals en situacions reals, personatges imaginats en situacions fictícies, llocs coneguts i d'altres d'inventats, i totes les combinacions possibles que es poden donar en una narració; perquè la ficció no és altra cosa que la realitat construïda.

Per tant, els judicis i les conclusions que es puguin treure de la lectura d'aquesta novel·la no pretenen tenir cap valor historicista ni documental.

L'AUTOR

Ella

Novembre de 1962.

Cantava amb una tendresa aparent i amagant una amargor roent i incerta que el micròfon dissimulava. La seva entonació, mig agra mig dolça, complaent i insatisfeta a la vegada, captivava l'auditori.

Tot en ella era nocturn: la pell, el somriure, la veu melangiosa i també els anhels d'aquella colla de joves que imaginaven el futur al pòsit dels glaçons mig desfets del cubalibre. I quan cantava «The lady is a tramp», canviant Califòrnia per Barcelona, el gel es fonia més de pressa, perquè en aquell antre i a tota la plaça, els joves somiadors, els marits fidels en llibertat condicional, els ianquis *go home* de tres quarts blau fosc i barret blanc i els cambrers atrafegats, l'ovacionaven demostrant com l'estimaven. I ella, a vegades, plorava amb el darrer vers de «My funny Valentine», un altre número del musical *Babes in Arms*. Però llavors ja eren les tres de la matinada, i totes les quimeres es transformaven en vomitades agres al peu d'un fanal modernista de la plaça; allà fora, on el món destil·lava una realitat més trista que la seva veu.

Allò passava en una època en què el jazz trencava barreres mentals i transformava els individus, i Barcelona el vivia amb una obscura passió de copes i fum. Al tombant dels seixanta, locals com el Texas, el Tobogán, el Kit Kat, el New York o el Jazz Colon havien convertit la plaça Reial i els voltants en un petit Sant Germain d'estar per casa on joves, bohemis, intel·lectuals i esnobs es creuaven amb paios d'aspecte truculent, putes, mariners de la Sisena Flota i venedors de grifa i marihuana, habitants del no-res en una barreja insòlita impulsada a ritme de jazz que a vegades acabava amb batusses o ganivetades. Entre tots els clubs, el Jamboree brillava amb llum pròpia per la qualitat dels artistes i la tipologia del públic.

En aquella cava de la plaça Reial, la nit era massa amable i sensual per a uns temps convulsos de llengües de fang que s'emportaven cossos inerts riera avall, mentre Renata Scotto debutava al Liceu amb «La Traviata» i les mestresses de casa aprenien les cançons de moda a *Escala en hi-fi*. En aquell entorn, el jazz era perillós, i ella ho sabia. Potser per això li queia una llàgrima quan cantava «odio Barcelona, és plena de gent i humida», mentre el públic, entusiasmat amb el ritual d'homenatge pagà a la ciutat, aplaudia i imaginava en el seu somiqueig un vague somriure de complicitat.

Al final de l'últim passi d'un dissabte de novembre de 1962 en què la neu encara quedava lluny de l'imaginari ciutadà, en el marge d'una pàgina del *Ciero* on es parlava de la concessió del premi Ondas al *yernísimo*, doctor Martínez Bordiu, un jove aprenent de poeta fill del barri Xino va escriure: «Cantava una experiència agredolça». Així veia el públic de Barcelona la Gloria Stewart.

Era una novaiorquesa atractiva, de mirada trista i posat lànguid, que cantava a The Living Room, a Manhattan, i que havia descobert la Rambla el 1955. Al cap de quatre anys, cansada del matrimoni, va agafar els seus dos fills, en Harold i la Deborah, i es va embarcar al pailebot *Île de France* disposada a començar una nova vida a Europa. Van estar-se dues setmanes a París, on va actuar al Blue Note, i després es va instal·lar a Barcelona. Al principi en Harold, el gran, estava empipat amb la mare per aquell canvi de vida sobtat, i no li parlava. El noi col·leccionava segells, i considerava que Espanya era un lloc molt avorrit perquè a tots els timbres només hi sortia el general Franco. Però, al costat del brogit i la crispació dels carrers de Nova York, Sitges, on van anar a viure, era el paradís, i de seguida s'hi van trobar bé; tot i que eren els únics negres que hi havia al poble.

En un dels viatges que la Gloria feia a Barcelona va conèixer un contrabaixista anomenat Jack Hand. Amb el seu germà volia formar una banda i necessitava una cantant. Va ser el moment de fer el salt. Es van traslladar a viure davant del camp de l'Espanyol, i va començar a cantar al Jamboree amb els Jazz Brothers: en Jack al baix, en Phil al trombó, el trompetista Wally Besser, el pianista Pere Ferré i el bateria afroamericà John Chip Collins. I, a partir de llavors, va ser un no parar de música, nit i un esplín que la mantenia ancorada en una tendra confusió entre el neguit i la indolència. És allò que els vents del món et porten amunt i avall sense que calgui fer-hi res; tot sura. Potser sí que la seva vida s'anava precipitant a gran velocitat.

Al darrer compàs de cada passi, mentre apagava definitivament la veu i aclucava els ulls deixant que els aplaudiments li envaïssin tots els racons del fràgil cos, les imatges d'aquells últims anys se li projectaven vertiginosament a la pantalla imaginària de la ment. Després, esvaït l'eco de l'última cançó, quan el local es buidava i l'únic rastre de la vetllada eren gots buits i cendrers plens de burilles, no sempre de cigarrets, la Gloria es recolzava a la barra tot mirant la sala amb melancolia i, per un instant, deixava vagar l'amable abisme del record damunt d'aquella natura morta que, només uns minuts abans, havia estat el cel. Exhalava un sospir profund, comprenia que no sempre es poden controlar tots els ressorts de la vida i, deixant que s'esvaís el darrer pensament sobre el món d'ahir que s'allunyava, pujava les escales de la cava i s'omplia els pulmons de l'aire humit i espès com l'escudella de la broma que venia del port. A la Califòrnia de la cançó, aquell ambient pesant no l'hauria suportat ni un dia; però era a Barcelona, a la plaça Reial, el seu palau, allà on la Gloria Jean Owens, Stewart pel marit, n'era la musa. I no volia marxar-ne per res.

—Ets més guapa que els angelitos de Machín! —li va etzibar amb gràcia un borratxo estintolat contra un Seat 1400.

Ella va somriure l'enginy de la floreta, i l'home li va enviar un petó de baf etílic. A l'altra banda de la plaça, un mariner americà tocava descaradament el cul d'una noia de camí al llit on desfogaria el desig, mentre un escombriaire de mirada estràbica i Celtas enganxat al llavi la saludava amb un educat «bona nit, senyoreta Gloria». De matinada, la plaça era més casa seva que mai i, junt amb els seus dos fills, que l'esperaven a l'habitació de la pensió Pros —gairebé paret amb paret amb el Jamboree, on s'havien traslladat a viure feia uns mesos—, els escombriaires, serenos, borratxos sobrevinguts i músics insomnes, formaven una mena de família estranyament avinguda.

Les hores petites no estan habitades per ombres indiferents: o et maten o t'adoren. I a la Gloria, aquella tardor en què el món patia pels míssils de Cuba, tothom l'estimava.

***

El taxi es va aturar uns quants portals enllà del número 136. A quarts de cinc de la tarda d'un dissabte gèlid de novembre, el carrer d'Aragó era un erm submergit en la llum blanca i sense vida d'un cel ras com un sostre. Del vehicle en van baixar dos homes, van observar una portalada tancada i van mostrar-se contrariats.

—Merda, encara no ha arribat.

Van creuar la calçada sense preocupar-se per si venia cap auto, i van entrar al bar que hi havia uns metres enllà, a prop del xamfrà amb Urgell.

El més jove i alt, cabell tallat a navalla, mirada aquosa, orelles pronunciades i mentó afilat, estava visiblement nerviós. Les mans li tremolaven i a penes podia sostenir el que duia embolicat amb paper de diari. No parava de barbotejar, com si volgués convèncer l'altre d'alguna cosa important. El que semblava de més edat tenia el cabell fi i curt, i se li marcaven dues entrades prominents al front. Al contrari que el seu company, la seva mirada dura i un posat de suficiència li conferien un aspecte més segur i serè. Tots dos parlaven en anglès.

—Anem a mitges —insistia el jove.

Al cafè, va ser el més gran qui va demanar conyac per a tots dos. El seu company se'l va beure d'un glop, ell no; tenia la copa agafada amb les dues mans, com si se les escalfés, mentre mirava molt atentament una pissarra amb els partits de futbol de la jornada. Semblava més interessat en la lliga que en les atropellades explicacions del seu company. Com si no en volgués saber res, d'ell.

—Doncs ho faré tot sol.

—Tu mateix, però vigila, que vas molt passat.

—Espera'm aquí. No trigaré ni deu minuts —va dir el jove clavant una llambregada al carrer.

I, agafant el paquet, va sortir del bar, va caminar a penes trenta metres per la vorera i, després de comprovar l'adreça, va entrar a l'escala del número 136 empenyent suaument la gran porta de fusta. El carrer d'Aragó continuava adormit en una bassa de llum lletosa.

El va sorprendre la foscor del vestíbul, però va preferir esperar que els ulls s'acostumessin a la penombra que no pas encendre el llum. Al cap d'uns segons va veure amb claredat al fons de la peça, mig amagada per la volta de les escales, la porta que li havien indicat al croquis. No estava tancada amb clau. Vacil·lant, va fer unes passes silents entre llargs taulells de treball, capses de cartró que contenien peces de vidre i rotlles de paper d'embalar, fins que va veure la silueta d'un home que feinejava en un dels taulells. Com que estava d'esquena i concentrat en el que feia, no el va veure ni sentir. Panteixant, va obrir les cames lleugerament per aguantar-se amb més fermesa i va cridar les dues úniques paraules que sabia en castellà:

—Todo dinero!

L'altre, un home d'uns cinquanta anys, vestit amb americana fosca, camisa també fosca i sense corbata, es va girar esverat alçant les mans. Un jove estranger molt nerviós l'amenaçava amb una maça metàl·lica amb la superfície afuada. Va notar com un raig de suor glaçada li recorria l'espinada xopant-li la roba. Per un moment va pensar que s'hauria de canviar quan arribés a casa; li havia promès a la dona que aquella nit la duria al cinema. Tot i això, de tornada a la realitat, la camisa i la sessió a l'Astoria van perdre importància. La suor augmentava i definia una situació difícil. Però aquell lladregot era un aprenent. Suava tant com ell, extraviava la mirada per tots els racons del taller, i les mans li tremolaven més a cada segon; i allò el va envalentir.

—Aquí no hi ha diners, això és un taller.

L'altre només va entendre el «no diners» i, sortit com estava, va esclatar i es va abalançar contra l'home brandant el picó. Pot ser brutal, la força d'una persona en plena exasperació, i la de l'agressor ho va ser. Convençuts tots dos de la feblesa i el neguit de l'altre, la baralla va ser d'una violència extrema. La maça va esclafar unes quantes vegades el cap de la víctima, mentre un ganivet aparegut de sobte va ensangonar les mans dels dos contendents abans de deixar el cos de l'agredit com un colador.

A penes tres minuts després va tornar el silenci. Va començar a notar com li baixava l'adrenalina. La musculatura es destensava. Potser sí que s'havia passat amb les pastilles, però sense no hauria reunit les forces. I necessitava els diners desesperadament.

El local estava fet un cafarnaüm, i el panorama que contemplaven els seus ulls exorbitats era esfereïdor. Espantat i confús, marejat i atacat pel pànic, el jove va tallar el fil del telèfon amb unes tenalles que portava a la butxaca i va intentar forçar la caixa forta a cops de mall sense aconseguir-ho. Si no hi havia diners, res d'allò no tenia sentit. Contrariat, va regirar amb ràbia l'americana de l'altre que, amb els ulls balbs i esbatanats pel pànic de la tragèdia evident, semblava que se'l mirava fixament, com si s'estigués preparant per tornar-s'hi. Va agafar un drap de quadres que hi havia al taulell i li va tapar la cara. Aquell rostre era insuportable.

Li va trobar la cartera a l'infern, en va agafar les dues mil pessetes que l'home havia reservat per a la vetllada amb la seva dona, i va sortir directament per la porta que donava al carrer sense parar compte a no fer soroll o que no el veiés cap veí tafaner. Damunt del taulell on la víctima estava treballant, ben a la vista, hi havia les claus de la caixa de cabals. A terra va quedar un guant que li va caure i els fulls de la revista *Time* i d'un diari francès on duia embolicada la maça. No hi va pensar més.

Tenia un tall profund de fulla de ganivet a la mà dreta i la jaqueta i els pantalons tacats de sang. Els nervis d'abans s'havien convertit en una por atroç. Sense recordar que l'esperaven, va sortir al carrer i va aturar un taxi. El seu company el va veure des de darrere els vidres entelats del bar i va sortir cridant-lo, però no el va encalçar. Va agafar la jaqueta d'una revolada, va saltar a un altre taxi i li va demanar que seguís el que anava una travessia enllà.

Tots just eren tres quarts de cinc, i la viscosa atmosfera del carrer d'Aragó anava mutant del blanquinós al gris, en una mena de sopa bruta, un cel enrarit d'aquells que no porten bons auguris, i que només la negror tancada i absoluta de la nit poden vèncer.

***

En José Antonio i la seva xicota s'estaven muntant el pis on anirien a viure quan es casessin la primavera vinent. Com que els diners no els sobraven, i instal·lar una llar, per humil que fos, comportava moltes despeses, buscaven per tot ofertes i gangues. Ja tenien la nevera, que els havia costat un dineral, i potser per això se n'haurien d'estar, de moment, de comprar un aparell de ràdio. Però allò no els preocupava, perquè no eren gaire aficionats a la música ni a les cançons de moda. I de televisió ni parlar-ne, és clar. Els aparells tenien uns preus prohibitius; s'havia de ser ric per veure *Esta es su vida* o *Bonanza*. La tele sí que els hauria agradat, però hi havia coses més urgents, com els llums.

Li havien dit que hi havia una fàbrica de làmpades al carrer d'Aragó que venien directament unes tulipes de vidre precioses i que feien un bon preu, i va decidir anar-hi un dissabte a mitja tarda. El taller ocupava els baixos d'un edifici de cinc pisos de primers de segle. Li va fer estrany trobar la porta entreoberta i el local en penombra, però va entrar-hi decidit dient un «buenas» amb veu alta i clara que va ressonar per tot l'establiment. Ningú no va respondre. Intrigat, va avançar fins un dels llargs taulells on hi havia una pila de tulipes de vidre a l'espera de ser embalades. Va ser llavors quan va descobrir el cadàver enmig d'un bassal de sang. L'olor dolça i pastosa de la sang li va omplir la llengua de saburra i el va fer vomitar.

***

Com cada dia, un cop feta la fosca, el jazz va convertir de nou la plaça Reial en un impensable territori de llibertat. Les parelles es besaven furtivament sota les arcades, els solitaris passejaven el seu drama alcohòlic entre els murs dels estrets carrerons, i l'agitació nocturna feia fluir la vida com si res de dolent no pogués passar. I des de l'escenari, amb la seva veu tendra i amarga alhora, una nit més ella era l'àngel que anunciava els nous temps que tant desitjava l'auditori.

Però l'endemà, una notícia publicada als diaris, amb el to habitual de la censura que obligava a llegir més enllà del que hi havia escrit, va alterar aquella atmosfera liberal d'obscuritat, copes, música i fum.

DOMINGO 18 NOVIEMBRE 1962

SUCESOS

CRIMEN EN UN TALLER DE LA CALLE DE ARAGON

Fue hallado muerto un hombre con la cabeza destrozada y heridas en todo el cuerpo

En el taller sito en la casa número 156 de la calle de Aragón, propiedad de los hermanos Rovirosa Closas, fue hallado muerto, ayer, tarde, uno de los dueños, Francisco Rovirosa Closas, de cincuenta años de edad.

Dada cuenta a la autoridad, se personó inmediatamente el coche del Departamento de Orden Público de la Jefatura Superior de Policía, encontrando los agentes el cadáver tendido muy cerca de la puerta de entrada, en medio de un gran charco de sangre, con la cabeza casi destrozada y heridas en diversas partes del cuerpo, producidas, al parecer, con un objeto punzante. El juez de guardia, don Fermín Sanz Villuendas, del Juzgado número 3, con el oficial don Enrique Testor, se personó también, instruyendo las primeras diligencias sumariales en presencia de los inspectores de la B.I.C.

De las investigaciones iniciales se deduce que el autor o autores del crimen debieron de ser sorprendidos por la víctima, entablándose lucha, ya que las ropas del cadáver están destrozadas. Se estima además que el móvil del asesinato debió ser el robo, ya que a la víctima le falta la cartera, que llevaba en el bolsillo del pantalón que aparece vuelto del revés. Asimismo se intentó forzar la caja de caudales. En el suelo se encontró un guante que el asesino o asesinos debieron, sin duda, utilizar para no dejar huellas digitales.

La policía ha iniciado la práctica de las pesquisas pertinentes para proceder a la identificación y captura del autor del hecho. El cadáver ha sido trasladado al Instituto Anatómico Forense.

La Vanguardia, 18 de novembre de 1962, pàgina 23

L'estudiant

Febrer de 2016

És el clàssic jove amb pinta d'empanat com n'hi ha tants avui en dia. Com que ha vingut amb metro, i des de la parada de Singuerlín fins a Ramon Berenguer IV hi ha una senyora pujada, ha arribat a la residència suant. Les costes inhumanes són la morfologia d'aquest barri humil. Ell, un noi de bona família de l'Eixample que travessa tot sol el Besòs per primera vegada a la vida, mai no ha sentit a parlar de Singuerlín, i no s'esperava aquells pendents. Es planta a la porta de la residència de la tercera edat amb les ulleres de sol, el cabell esbullat, la jaqueta rebregada penjant del braç i la motxilla Kanken bruta d'arrossegar-la per la facultat, dient que ve a veure «un client», i el zelador gairebé el fa fora a puntades de peu. No ho fa perquè ja veu que no és mal nano, només és un empanat.

—A tu no t'han ensenyat maneres? Aquí tenim residents o avis, no clients. O et penses que això és l'hotel Arts?

S'arranja la cabellera, es treu les Ray-Ban, s'escura la gola i demana disculpes. També és la primera vegada que trepitja un centre de la tercera edat. Diu que ve a veure en Joan Taulats, que ha quedat amb ell.

El treballador, fastiguejat per haver de fer guàrdia un dissabte quasi primaveral de finals de febrer, arrufa el nas. En Juan sempre diu que no té cap familiar, ni amic, ni ningú al món; fins i tot galleja de la seva soledat. I ara, qui és aquest xitxarel·lo que el ve a veure?

—El senyor Joan era amic del meu avi, i li he demanat una entrevista per un treball que estic fent per a la uni sobre ell.

—I què estudies, geriatria?

—No, comunicació audiovisual —respon com si no hagués captat la pulla—. Em podria donar un got d'aigua, sisplau? Tinc la gola seca.

—Collons amb la canalla d'avui dia. Això no és un bar, ves al lavabo i amorra't a l'aixeta. Ara li dic a en Juan que té visita. De part de qui?

—De Gerard Costa.

El fa passar a una sala plena de taules i butaques amb jocs de dòmino i parxís i una pantalla de televisió immensa, talment com el casino del poble de l'àvia Ramona, on dormiten dos avis, i deu minuts després apareix un vell eixarreït com una pansa, que sosté amb un bastó les pelleringues que li pengen de sota un batí ronyós. És un home alt, amb quatre pèls grisos a les sines, les dents desmanegades i grogues del tabac, les mans ossudes i el rostre fet un rebrec. Tot ell és una fusta resseca que es pot estellar en qualsevol moment. No es molesta ni a estrènyer la mà que el noi li ofereix, només es desploma sobre la primera butaca que troba, s'ajusta la bata i clava dos ulls com xinxetes en l'estudiant. Quan seu, el noi descobreix que calça les típiques plantofes de quadres. Entre la impressió i el respecte, no sap què dir. És el vell que, amb una veu cavernosa que sembla que li surti dels budells, parla.

—O sigui que tu ets el net d'en Ricardo. Vaja, vaja. Bon paio, ton avi. En vam fer unes quantes de bones, junts, saps?

La vida era dura, llavors, no com ara que us ho donen tot mastegat; però sabíem passar-nos-ho bé. Eren altres temps, és clar. Llàstima que tot va acabar com va acabar.

I es fa el silenci, només trencat pel grinyol llunyà d'una porta batent faltada d'oli. L'estudiant encara està absort en la cadavèrica figura del vell. Pensa si el seu avi seria com ell, si encara visqués. No el va conèixer, i les poques fotos que n'ha vist són de quan ja estava malalt, destruït abans d'hora per una malaltia que li anava consumint el cos i l'ànima.

—Què nano, se t'ha menjat la llengua el gat o què? Per què has vingut a veure'm, si no dius res? Què vols saber del teu avi? No tinc temps per perdre, jo. Obres la boca d'una puta vegada o toco el dos.

En Gerard encara s'està uns breus segons més mirant-lo hipnotitzat. El seu avi també era alt i cepat com ho havia estat aquell home. Quin flaix.

—Ja sé que vostè i el meu avi van ser molt amics, m'ho ha dit el pare. Jo no el vaig conèixer, l'avi. Ell va morir el 1974 i jo vaig néixer el 1996; però necessito saber coses sobre ell per fer un treball per a la universitat.

—I amb vint anys per què t'interesses per les batalletes dels vells?

—Perquè si no coneixem el nostre passat mai no sabrem qui som ni cap a on anem. La història seva i la de l'avi Ricard és part de la meva memòria, que jo ara desconec, i sense memòria jo no podré ser mai res. Seré un amnèsic tota la vida. No sé si m'explico prou bé.

Aquesta resposta la du preparada de casa. Fins i tot n'ha anat repetint algunes frases mentre feia el viacrucis del metro a la residència. Si allò no funciona està cuit. Però lentament el rictus rígid del vell es comença a destensar, com si li afluixessin una clavilla oculta al clatell. L'home clava la mirada en la llum encegadora que entra pel finestral, mou les barres com si mastegués i parla.

—Per què ho voleu saber sempre tot, els joves? No us han ensenyat a callar i a no ficar-vos en les coses dels grans? Sou tots uns mal educats.

—No és la meva intenció faltar-li al respecte, senyor Joan, però crec que tinc dret a conèixer la història del meu avi i a saber per què va emmalaltir de sobte i va morir tan jove —respon el noi amb posat seriós.

Nova pausa dramàtica. El vell no treu els ulls del finestral i no para de moure les barres fent una mena de remuc quasi imperceptible, com si busqués dins la gorja profunda de la memòria. El noi no gosa ni respirar.

—Em dic Juan, no Joan. El teu avi, jo i uns quants més hauríem revolucionat Barcelona, si no hagués passat allò del mort. Érem joves, teníem idees noves i volíem canviar aquella societat podrida. Que il·lusos que érem. El jazz era dalt de tot, a Nova York i a París: Dave Brubeck gravava *Time Out*, Miles Davis *Kind of blue*, John Coltrane era a punt de consagrar-se, Ornette Coleman estava amb el *free*, i nosaltres preteníem que Barcelona fos una gran capital del jazz. Saps per què, xaval? Perquè el jazz era la llibertat, i aquest era un país de merda segrestat pels *milicos* i els capellans i tothom hi vivia com borregos, sense pensar, sense follar i sense divertir-se. I nosaltres no volíem ser uns desgraciats com els nostres pares i els avis.

Amb 86 anys, el vell té un aspecte decrèpit, però el geni el conserva intacte. Aquest atac de ràbia anima en Gerard. Comença a adonar-se que potser podrà aconseguir el que ha vingut a buscar, i esbossa un somriure. Ja fa uns minuts que, discretament, ha posat en marxa la gravadora de l'iPhone.

—Vostè tocava el clarinet, tinc entès. El meu avi havia

parlat molt bé de vostè en alguna crítica de les que escrivia per *Club de ritmo* o *Aria jazz*, ara no recordo en quina de les dues revistes.

—Sí, el puto clarinet que em vaig deixar en un taxi. Vaig arribar a la plaça Reial i em faltava un duro per pagar la carrera. Li vaig dir al taxista que m'esperés un moment, que demanava al porter que me'l deixés i li pagava de seguida. Però el cabró va veure que havia deixat el clarinet al seient, amb l'estoig i tot, i va pensar que en trauria molt més que el duro que li devia, i va tocar el dos. Vaig haver de fer tota mena de feines per poder-me'n comprar un altre. Sort dels amics, que em van ajudar. Però també tocava el saxo i fins i tot el piano, quan convenia. Als clubs s'havia de fer de tot.

Allò és tota una declaració d'intencions. Ha trencat el gel. El vell s'ha submergit en el túnel del temps i té ganes de xerrar. Ara, el que ha de fer l'estudiant és ser curós amb les preguntes per no fer-lo tirar enrere. El millor és començar pel principi.

—Vostè és d'origen francès, tinc entès?

El vell riu. No és una expressió franca, és un riure sardònic i malaltís, que sembla més un udol de terror que no una rialla.

—De cap manera. Jo soc de Sabadell, el que va passar és que de jove vaig marxar a França per airejar-me. Tenia vint-i-pocs anys, m'estava podrint en aquest femer, i vaig decidir anar a veure món, però no vaig passar de París; la ciutat em va captivar. A mi m'agradava la música des de petit, ja havia començat a estudiar-ne aquí, i llavors París era la capital mundial de la música. Hi eren tots, tocant allà: en Davis, en Lester Young, l'Art Blakey, la Sarah Vaughan (que era guapíssima), en Django; tots. El gran Sidney Bechett em va ensenyar molts trucs del clarinet, em va obrir les portes d'alguns clubs i em va sargir més d'una camisa. Era sastre, saps? I molt bon paio, i un músic extraordinari. M'hi vaig estar més de dos anys, allà, i al final en Don Byas em va convèncer de tornar a Barcelona per tocar amb ell. I jo, idiota de mi, ho vaig acceptar perquè hi havia una cantant, que també se n'anava a treballar a Barcelona, que em tenia begut l'enteniment. I al final, ni èxit, ni diners, ni dones; aquí estic morint-me sense ningú al costat. Les dones són la nostra ruïna, xaval. No t'enamoris mai, faran amb tu el que vulguin.

S'atura en sec i fa un silenci. En Gerard no sap si medita sobre el que ha dit de les dones o maleeix la seva soledat; o tot plegat.

—Total, que vam decidir amb en Don que, quan arribés a Barcelona, diria que era francès per part de mare, que m'havia educat musicalment a París i que així em costaria menys trobar feina. Un ho va anar dient a l'altre i fins i tot algú ho ha escrit en un llibre sobre la història del jazz a Barcelona, i així he quedat. Ja m'està bé. O no. Ara tant se me'n fot, ja.

—Vostè tocava amb la banda dels germans Hand al Jamboree, oi?

En sentir la pregunta, la cara li canvia de sobte. La pell, que se li ha anat amollant mentre xerrava, i fins i tot ha recuperat una mica de color potser per efecte del sol que entra pels finestrals de la sala, ara se li torna de nou eixarreïda i tibant. Els llavis, serrats, s'aprimen fins que els dos en fan un de sol, i la mirada, més negra que abans, es clava en el xicot com un filaberquí.

—No els vaig tractar mai.

—He trobat documentat a diversos llocs que vostè va tocar amb els Jazz Brothers, que era el grup dels germans Hand, al Jamboree —respon en Gerard, segur del que diu. Sobretot perquè al vell se li veu d'una hora lluny que menteix, que alguna cosa pretén amagar—. També va tocar amb ells al programa *Jazz Selección*, que Xavier Coma feia a Radio Nacional d'Espanya.

—I tu què en saps, dels Hand i d'en Coma, si acabes de sortir de la closca de l'ou. Sí, vaig tocar amb ells, i què?

L'estudiant s'adona que tot se'n pot anar a rodar, i només té una setmana per lliurar el treball. Com sempre, va al darrer minut. Ja sap que les presses no són mai bones, però fa el que pot; la vida d'un universitari tampoc no és cap ganga. O sigui que decideix tirar endavant i no marejar més la perdiu amb prolegòmens que no duen enlloc.

—Doncs que necessito saber més coses del meu avi. Ell escrivia sobre els seus concerts, i també col·laborava a la ràdio amb en Coma. Expliqui'm tot el que en sàpiga, sisplau, necessito saber com era en Ricard Costa, què feia, amb qui anava, en quins embolics es ficava, quines noies enamorava.

Les mirades de tots dos es creuen amb decisió per primer cop en tota l'estona. És una mirada dura, llarga, sostinguda. És l'avui contra l'ahir, i l'home sap que en aquesta guerra ho té tot perdut, i que cal rendir-se si vol conservar algun os sencer després del combat.

—Apunta, potser et puc ajudar en aquesta merda de treball que dius que has d'escriure per a l'escola.

—Fa estona que estic gravant.

Això és un directe a l'estómac. Esbossa un mig somriure resignat i es recorda de Cassius Clay, que també va triomfar per aquells temps.

—Anem a pams —diu el vell.

I es deixa anar en un torrent de records atropellats de noms, llocs, dates confoses i il·lusions perdudes que rescata del pou de la memòria amb penes i treballs, però amb una insòlita embranzida. Aquella desferra seca i ossuda de fa mitja hora, ara és una màquina que aboca records a doll com si li hagués arribat l'hora de passar comptes amb la vida.

***

—Els joves de la meva època ja n'estàvem farts, del Franco, de tota la colla de mamons que suportaven el règim, i dels que ja els anava bé que les coses anessin com anaven i miraven cap a una altra banda com si no passés res. La gent es pensa que l'oposició al dictador és cosa dels seixanta, com si abans ens hi trobéssim bé, sense llibertat i sent uns morts de gana. I no era així. El que passa és que no hi havia organitzacions prou fortes per conduir la lluita, i tothom es buscava la vida com podia. Per això vaig tocar el dos a París. Allà em vaig fer gran en tots els aspectes: del cap a la polla. I quan vaig tornar a Barcelona, l'any 60, vaig veure que, per fi, començaven a passar coses. Hi havia gent que es movia. No era una rebel·lió majoritària, que et quedi clar. Era una cosa de quatre enterats i d'uns quants sòmines més. Els pocs que havíem pogut sortir tornàvem carregats de llibres, revistes i discos, i els altres s'ho empassaven a galet. La *beat generation* de Kerouac, Ginsberg i companyia, i l'existencialisme de Sartre van començar a córrer com la brama, i en alguns bars on es trobava cert jovent es parlava d'això, de les drogues, de l'orientalisme, de l'ateisme, de l'amor lliure i de tot de coses d'aquestes. Era més una qüestió d'estètica que d'idees, i que et quedi clar que la majoria no hi enteníem res; jo el primer. Però dur jersei negre de coll alt o faldilles amples negres es va posar de moda, era portar la contrària.

»En aquella Barcelona de color catxumbo, la gent jove d'aquesta mena es va començar a trobar a la part baixa de la Rambla. La plaça Reial s'havia omplert de cerveseries, de gitanos que venien drogues, de prostitutes, de mariners de la Sisena Flota americana, de populatxo que passejava mirant-s'ho com qui va al zoo, i de joves que freqüentaven uns locals que seguien els nous corrents de l'època. I llavors no hi havia res que estigués més en voga arreu del món que el jazz. Prou que ho havia conegut jo, a París.

»Els bars i les caves de jazz estaven en subterranis xafogosos, carregats de fum, on els cubalibres i els whiskies anaven que volaven, i amb un públic on es barrejaven escriptors, artistes, músics, algun estafador, estudiants universitaris, i més de dos senyorets que anaven a fer-se els moderns quan sortien de la funció del Liceu. Era la bohèmia local. Tu has sentit mai a parlar d'en Joan de Sagarra o d'en Vázquez Montalbán? Oi que no? Doncs aquests eren dels fixos, i també eren dels més llestos i més pintes. Vam ser bons amics.

»Doncs això és el que passava per allà. Bars, alcohol, noies, jazz, fum i quimeres de somiatruites que es pensaven que eren a Saint-Germain-des-Prés, que tampoc no deus saber on és, tu. Segur.

—I el Jamboree com va sorgir?

—A la plaça Reial hi havia un bar de putes que es deia Brindis. Jo l'havia visitat algun cop abans de marxar. L'amo, un paio que es deia Joan Rosselló, de tant en tant hi organitzava algun concert; dos o tres músics no gaire bons als quals s'anaven afegint espontanis i feien jam-sessions. Res, un antre. Al cap d'un temps, just a l'altra banda de la plaça, el Jubilee Jazz Club es va instal·lar al soterrani del restaurant Tobogán. Com que el club depenia del l'Institut d'Estudis Nord-americans, allà el públic eren estudiants i gent una mica més selecta. Solien posar discos, però de tant en tant també hi feien concerts de músics amateurs ben seleccionats, perquè qui ho duia era en Xavier Coma, tu abans me n'has parlat. En Xavier hi entenia molt, de jazz, de novel·les policíaques i de cine. I, és clar, li va fer la competència al Brindis que, ras i curt, era un putiferi.

»Total, en Rosselló va tancar el Brindis i li va oferir a en Coma d'unir forces, portar el Jubilee al seu local, i crear una cava dedicada només al jazz. Va ser el mateix Xavier qui li va proposar el nom de Jamboree.

—I aquí entra vostè.

—Encara no. Va ser en Tete Montoliu qui va inaugurar el Jamboree. Com que no deus haver sentit a parlar d'ell en ta vida, et diré que és el més gran jazzman que ha donat mai aquest cul de món, i era un gran amic meu. Jo vaig arribar després, quan van decidir contractar els Jazz Brothers com a grup estable perquè el Tete se'n va anar a tocar a Madrid, que li pagaven millor, és clar.

Els Hand van obrir el primer club de jazz de després de la guerra, crec que es deia Frank's. Com a músics no eren gran cosa, l'Alfred Papo i l'Albert Mallafré en deien pestes, però la cantant sí que era bona; bona, guapa i sensual. Ho tenia tot, la Gloria Stewart. Tots n'estàvem enamorats. Va ser en Pere Ferré, el pianista, qui em va proposar d'afegir-me al grup. La idea no m'apassionava, però havia de menjar i pagar la pensió. Vaig parlar amb en Jack, que era el que manava a la banda, ens vam posar d'acord, i hi vaig tocar uns quants mesos, només. I mai més no vaig voler-ne saber res, d'ells.

—Per què?

—Eren uns paios molt estranys. Estaven ficats en mil tripijocs A mi em van enganyar i em van quedar a deure diners. No eren gent de fiar. Ni els dos germans ni ningú del seu entorn.

El vell tanca els ulls i els bons temps se li aboquen a la ment com la sang raja d'una ferida: a borbolls.

—Amb el Jamboree, la plaça Reial va esclatar, i tot Barcelona es va moure a ritme de jazz durant uns anys. Al passatge Madoz es van obrir el Zodiac i el Montparnasse. El primer era un tuguri de campionat. Sorollós i ple de gent vulgar que ballava sense aturador fins a les tres de la matinada, que era l'hora que havien de tancar tots els espectacles. Al fons de la sala hi havia una paret amb una gran imatge de Nova Orleans i una llegenda que deia: *Then jazz was born*. L'altre era més refinat, tenia un aire afrancesat, amb cartells de quadres del Toulouse-Lautrec i una clientela a qui agradava escoltar els discos i comentar-los. Sempre tenien les darreres novetats.

»A poc a poc van obrir una colla de clubs i caves més. Va ser la nostra revolució contra el franquisme, que ens volia idiotes.

Fa una pausa per empassar saliva, té la gola ben seca. Fa mesos que no parla tanta estona seguida. Fa anys que no evoca el passat, el defuig. De què serveix quan s'és a prop de la mort?

—Hòstia noi, em ve al cap tot allò de fa més de cinquanta anys com si hagués passat ahir, i després no penso a prendre'm les pastilles de mig matí. Fins i tot recordo que, mentre tocava amb els Hand, va venir a Barcelona en Quincy Jones amb la seva orquestra. Quins collons això de la puta memòria, com juga amb els vells. Això és el que ens mata, saps? No el mal d'esquena, ni el dolor a totes les articulacions o el colesterol. El que mata els jais és la demència. Ens desespera. O et penses que no ens adonem que ens anem esvaint, esborrant, caient en un pou de silenci i que ningú no ens en pot treure? El matí que no recordi qui soc ni què hi faig, aquí, em llenço per la finestra i llestos. Tenies raó quan m'has dit que sense memòria els joves no sereu res.

En Gerard mussita un gràcies imperceptible i s'estremeix.

Pensa que és millor deixar-ho aquí, per avui. A més, aviat serà l'hora de dinar. El zelador ja fa estona que li ha preguntat amb discreció si en té per gaire. L'home ara està enfonsat a la butaca, cansat físicament i mentalment del brutal esforç que ha fet, dels cadàvers que ha exhumat, dels silencis que ha profanat. Ara mateix la seva vida dona voltes com els cavallets que, quan era petit, es plantaven a la plaça per la festa major, a Sabadell.

El noi s'aixeca. Probablement no ho vol fer, però en un gest incontrolable aferra el braç d'en Juan, li dona les gràcies per tot el que li ha explicat i li diu que, si no hi té inconvenient, tornarà l'endemà.

—Ets un bon nano; una mica babau, com tots els joves d'avui dia, però bon jan. El teu avi estaria orgullós de tu. Porta'm tabac quan tornis a venir.

El mort

El so esquerdat de la sirena del 1400 gris que es va aturar davant del número 136 del carrer d'Aragó va desvetllar el veïnat de l'habitual letargia sabatina. Al cap d'un parell de minuts en va arribar un altre, i un altre. Una estona després, entre patrulles de la policia armada i de la guàrdia urbana, cotxes de la Brigada d'Investigació Criminal, el forense i el jutge, ja hi havia una desena de vehicles que embussaven el carrer. Va aparèixer un guàrdia de trànsit amb salacot per intentar, en va, posar ordre al caos.

Els balcons i les finestres es van omplir de caparrons que tafanejaven. Un desplegament de la policia armada amb cara de gos ordenava als badocs que circulessin. La gent s'allunyava uns metres i, tan aviat com els policies giraven cua, tornaven a acostar-se a la porta del taller d'on no paraven d'entrar i sortir homes. Dels autos patrulla ressonaven comunicacions de ràdio que ningú no atenia: «cambio», «charli uno a golf tango 2», «corto». Expressions sense significat que es perdien en l'èter, però que al públic li sonaven de les pel·lícules, i allò agradava a l'auditori. Tot d'una l'avorrida tarda a l'avorrida vida de l'avorrida ciutat es va animar, hi havia espectacle. Eren dins d'un film.

Immediatament, les comares del barri van posar en circulació tota mena d'especulacions i boles: que si l'home del primer havia matat la dona, que si s'havia calat foc al taller de la planta baixa i havia socarrimat l'entresol, que si havien entrat a robar als del segon a punta de pistola i els havien pres mig milió de pessetes...

—I com és que tenien tants diners a casa? —preguntava l'envejosa del tercer per tal d'aixecar sospites sense fonament.

Però com que ningú no gosava preguntar res als agents, no fos cas que se'ls escapés la porra, quan a les sis es va fer fosc i es va girar un vent fred de penellons tothom es va retirar als brasers o estufes respectius, i l'espectacle popular es va acabar en un no res anodí i tardoral, tal com havia començat.

La realitat, però, era una altra. A terra, enmig d'un bassal de sang, hi jeia el cos inert de Francisco Rovirosa, empresari i propietari de la fàbrica de tulipes de vidre per a làmpades que ocupava el local. Prop del cadàver hi havia la seva cartera, oberta i sense ni cinc, però amb tota la documentació. Per allà també hi havia un exemplar de la revista *Time*, dos fulls de *Le Monde*, un guant tacat de sang i unes tenalles «made in USA».

—És estrany, això. A Barcelona hi ha molt pocs estrangers, i gairebé els tenim controlats a tots —va comentar l'inspector encarregat del cas al jutge que aixecava el cadàver.

—Vols dir que no exageres, López? Hauríeu de localitzar els molts que us falten per controlar, perquè potser ens han d'explicar alguna cosa d'aquest desastre —va respondre, eixut, el jutge de guàrdia.

No hi havia res que el fastiguegés més que haver de sortir del despatx per un mort. I més encara un dissabte a la tarda.

Al seu costat hi tenia un jove estudiant que feia pràctiques als jutjats i que estava tan impressionat que els ulls li sortien de les òrbites. Era el primer mort que veia en la seva vida. El gran doll de sang, el cos cosit a ganivetades, la postura contreta, a la defensiva, el tenien hipnotitzat i paralitzat. El jutge, que s'anava posant de mal humor per moments, el va veure allà palplantat i li va clavar una esbroncada.

—Que no em sents? Ja has buscat el número de telèfon de la família del mort per comunicar-los que vagin a l'anatòmic forense a identificar-lo tal com t'he ordenat? On tens el cap, xaval?

Encongit per la merda d'encàrrec que li havia caigut al damunt, el pobre estudiant va marxar tot escuat a buscar el telèfon. Va ser llavors que es va descobrir que havien tallat els cables. Així s'entenia el perquè de les tenalles.

El mort duia la cara tapada amb un drap de quadres com els de cuina. Era com si a l'assassí li fes angúnia que el mort el mirés. El jutge va comptar almenys vuit ganivetades profundes al pit, fetes amb ràbia.

—Un robatori que no ha sortit bé. La víctima s'ha rebel·lat, s'han barallat, i les coses han acabat així. Per a mi és un cas clar —va dir l'inspector López.

—Però aquest acarnissament no és normal. És una mort molt violenta per acabar-li robant només els diners de la cartera. A banda de les ganivetades li han esberlat el cap com una síndria i presenta ferides i cops per tot el cos —va comentar un altre inspector.

—Els nervis són traïdors —va respondre el cap.

—Potser hi ha alguna cosa més: deutes de joc, xantatge, revenja, putes. Aquests petits empresaris que sempre són tan ben educats i temorosos de Déu i de l'autoritat, el dia menys pensat es descobreix que els agraden els nens, que són uns cocaïnòmans de primera o que els dissabtes al vespre es dediquen a pràctiques satàniques i el diumenge al matí van a missa de dotze i després compren el tortell per al dinar familiar —va insistir l'altre.

—O això, o és obra d'un psicòpata —va afegir el que manava—. Per si de cas no descartem cap possibilitat, perquè tens raó que aquí hi ha massa carnisseria per tractar-se d'un robatori normal i corrent. Ocupa't tu d'investigar l'entorn d'en Rovirosa. Quina mena de família tenia, com li anaven els negocis. Si tenia amants. Ja saps què vull dir.

En José Antonio, el xicot que havia descobert el cadàver, tremolava de nervis. Els policies que l'havien interrogat no havien estat gens amables. Feia l'efecte com si fos ell, l'assassí. Abrandats, els dos inspectors l'havien envoltat i, abalançant-se al seu damunt fins a fer-li sentir l'alè pudent de carajillo de Soberano, l'havien assetjat amb preguntes absurdes, paranys per fer-lo caure en contradiccions sense sentit, perquè ell no havia fet res més que entrar al local per preguntar si li farien un bon preu per un parell de làmpades.

Fins dues hores després no el van deixar anar. Estava clar que aquell ocellet esporuguit era incapaç de fer mal ni a una mosca. Però, per allò que la policia sempre vol tenir la raó, li van recomanar que estigués localitzable tothora; per si de cas. Tot plegat teatre, però el pobre estava cagat de por. Aquella lamentable tarda va aprendre que, si mai es tornava a trobar un mort, allà el deixaria. Quan el va anar a buscar la seva xicota, preocupada per la tardança, gairebé plorava. Llavors, en veure aquella noia tan bufona i decidida, els polis es van fer els simpàtics. Fins i tot el van acomiadar tustant-li l'espatlla.

Al carrer, l'estudiant de dret en pràctiques treia l'ànima a l'escocell d'un plàtan. Havia hagut d'anar a trucar des d'un bar, havia localitzat un dels quatre germans del mort, l'Enrique, i havia conservat la serenitat per explicar-li que havien matat en Francisco i que havia de personar-se per identificar-ne el cadàver. Però la tèrbola imatge del cos tumefacte pels cops, les ganivetades que li travessaven la camisa com si fossin fletxes, l'escandalós mar de sang llefiscosa que l'envoltava i l'olor embafadora, no havia deixat de perseguir-lo fins que no havia pogut aguantar-se més.

—Què, veure un mort en directe no és el mateix que veure'l als llibres de la carrera, oi? No pateixis, noi. Això ens ha passat a tots el primer cop —el va tranquil·litzar un policia uniformat que anava ensenyant la porra als que es volien acostar més del compte al lloc dels fets.

Es va mirar el policia, com a mínim aquell home tenia una mica de compassió. El coragre que li havia quedat li va tornar a provocar basarda, i va perbocar una bilis groga fosca deixant la soca de l'arbre ben galdosa. Mentre s'eixugava el front xop de suor freda amb el mocador, es va jurar que mai més no tornaria a jugar als dards amb els de la colla; per sempre més li recordarien les ganivetades d'aquella tarda.

***

Les pistes de l'escena del crim no duien enlloc, la policia anava perduda. Aquest era el resum del que deien els diaris l'endemà. I a la comissaria de Via Laietana hi havia molts nervis.

Francisco Rovirosa Closes tenia cinquanta anys. Estava casat amb Emilia Miquel i tenia dos fills. Segons van declarar els seus familiars i veïns a la policia, era un home de negocis seriós, sense deutes, enemics, ni litigis. Res de res. Net com una patena. Amb les dades a la mà, un crim tan violent com el que havia patit aquell home encara tenia menys sentit. L'inspector Jesualdo López, un conco de quaranta anys del grup

Cinquè de la Brigada d'Investigació Criminal de Barcelona i encarregat de portar el cas, no lligava caps. Repartia crits per la sala dels seus agents.

—No em quadra de cap manera. Ningú, per boig que estigui, no entra en una empresa en ple centre de la ciutat, un dissabte a quarts de cinc de la tarda només per trincar-li els quatre duros que portés a la cartera. Hi ha d'haver alguna cosa més. Antúnez i Margarito, remeneu el pis, l'empresa, el despatx i el xalet si en tenia. Tot. No us deixeu ni un mil·límetre per escurar.

El dimarts al matí, dia del funeral, la policia encara no tenia cap pista. A dos quarts de quatre de la tarda, una gentada omplia a vessar la petita i vella església de Sant Jorge, a tocar del pont de Vallcarca, que aviat havia de ser substituïda per una de nova de tants parroquians com tenia. De moment, però, els fidels, familiars i xafarders s'agombolaven com podien. L'inspector López no sabia quina cara fer davant la família. Va donar un condol estàndard a la vídua i es va empescar unes quantes excuses per als germans. Un cop acabada la cerimònia, el Francisco, el fill gran del finat, es va dirigir al policia per agrair-li l'assistència i preguntar-li si els volia acompanyar al cementiri de les Corts.

—Els demano que m'excusin d'anar al cementiri. Estem seguint unes quantes pistes del cas que no li puc explicar perquè estan sota secret sumarial —va mentir—, i tinc molta feina; tampoc no vull destorbar més el dol familiar. Acomiadi'm de la seva mare, sisplau, el meu cotxe m'espera a la plaça —i llavors va tenir una idea per sortir del pas i que l'home no pensés que la policia parlava molt però no feia res per resoldre la mort del seu pare—. Ara que parlo de cotxe. Necessitaríem inspeccionar l'automòbil del seu pare. Seria possible? No crec que hi trobem res, però mai se sap.

L'endemà a mig matí l'Antonio Antúnez li va trucar des d'un bar de la plaça de Lesseps, prop del domicili de la víctima.

—Crec que tenim una pista. Al maleter del cotxe hi hem trobat un sifó i una tovallola. No és gran cosa, però és una escletxa: la vida d'en Rovirosa no era tan exemplar com ens han volgut fer creure.

El telèfon no se sentia gaire bé pel soroll de les obres de la plaça, però en López va entendre perfectament el que li deia el seu inspector. La gent que anava a la carretera de l'Arrabassada o a la de les Aigües per fotre un clau al cotxe portava sempre un sifó i una tovallola per netejar-se els baixos en acabar la feina. Ara la qüestió era trobar la dona, o les dones. Si eren prostitutes, movent els seus contactes al barri Xino seria relativament senzill; però si no ho eren, les indagacions es complicaven.

No era gran cosa, però mai no se sabia. Calia tornar a regirar de nou el despatx al taller del carrer d'Aragó, per si un cas. Si conservava una foto, una targeta, una factura d'hotel o qualsevol detall que delatés l'existència d'una amant, havia d'estar amagada allà.

No va voler esperar que tornessin els seus homes i hi va anar ell mateix, a migdia. Va desfer el precinte i va obrir la porta. A terra hi havia tot de correspondència que el carter havia tirat per l'escletxa de la bústia: cartes comercials, factures de la llum i el telèfon, extractes bancaris i una carta personal enviada el divendres 16 de novembre des d'Eivissa. Anava firmada per una dona, una tal Pilar Alfaro.

La carta ocupava tot un foli i estava escrita amb una lletra clara i pulcra, sense ratllades. Deia que li sabia greu haver estat tant de temps sense dir res, que havia hagut d'anar a Saragossa per afers familiars i que ara s'estava a Eivissa; li donava una adreça postal on podia escriure-li, si li plaïa. Li pregava que no estigués enfadat amb ella i que comprengués que a Barcelona se sentia molt sola i trista, i que marxar-ne havia estat el millor per a tots dos. Estava convençuda que una temporada de descans a l'illa li aniria molt bé, i li prometia que, quan es trobés millor, tornaria a Barcelona i es podrien tornar a veure. També li donava les gràcies per les hores de felicitat que li havia donat i, després de l'habitual prosa ensucrada dels amants, li deia que anava molt justa de diners i li demanava si li'n podria deixar amb un gir postal.

—Ara som al cap del carrer. Aquesta mena de cartes sempre acaben així —va pensar l'inspector.

Ja en tenia prou. Es va desar la carta a la butxaca, va tornar a correcuita al despatx, li va explicar la troballa al comissari, li va demanar l'autorització pertinent, va trucar als col·legues d'Eivissa, va trucar a Iberia per comprar tres bitllets (anar i tornar el mateix dia no pot ser? Sí, ja ho entenc que és temporada baixa), va reservar tres habitacions en un hotel barat prop del mercat vell, al centre, i va citar l'Antúnez i en Margarito a dos quarts de nou del matí de l'endemà.

—Agafeu uns calçotets nets i el raspall de les dents que ens en anem d'excursió a Eivissa.

—Però si en aquesta època de l'any no es pot anar a la platja —li va respondre amb sorna l'Antonio Antúnez, que era un solter empedreït com ell.

A les set de la tarda va notar que li rodava el cap. Fins llavors no va recordar que no havia menjat res des del matí, un croissant i un tallat, tampoc gran cosa. Quan enxampés l'assassí d'en Rovirosa li faria pagar una mariscada a base d'hòsties.

El vell

El zelador està tan concentrat en la lectura de *La Vanguardia*, que en Gerard ha de picar dues vegades damunt del taulell de la recepció perquè s'adoni que és allà.

—Ah, ets tu? Que t'ha portat el xofer, avui? Com que veig que no vens suat com ahir...

—He segrestat un bus de la línia M30 —li respon el noi, mosquejat.

—En Juan t'espera a la saleta. Tu mateix, ja saps on és. Perdona que no t'hi acompanyi, però és que he d'acabar de llegir això, que és molt important. En Cameron ha convocat el referèndum per decidir si el Regne Unit es queda a Europa o se'n va, i m'interessa molt. Allà el personal sanitari té millors condicions de treball que aquí. I, així que acabi infermeria, zas! aquí us quedeu. Que un altre els renti el cul, als vells.

Però en Gerard ja camina pel llarg corredor cap a la sala de visites. De lluny veu el vell, encastat a la butaca de l'Ikea com si no se n'hagués mogut des d'ahir. És clar que, si qui l'ha d'atendre és el passerell de la recepció, potser es florirà encofurnat en aquest seient.

—Bon dia, Juan —ha decidit que si el vell vol que li diguin el nom en castellà ho farà així mateix.

—Què vols, avui? —li espetega.

Ja veu que no està d'humor. Bé, ni avui ni mai. Haurà de fer com ahir, mirar de guanyar-se'l fins que es deixi anar i comenci a garlar sol. Per això ha vingut preparat. Treu un paquet de Marlboro de la motxilla i el deixa damunt de la tauleta. De la butxaca del batí, la mà dreta del vell es dispara com empesa per un ressort automàtic, pinça la capseta i la desa rabent. Vist i no vist.

—És del bo o és de contraban? —diu per tot agraïment—. El que venen els *paquis* té gust d'abocador d'escombraries.

—Suposo que és autèntic. L'he comprat a l'estanc del meu barri. Jo no fumo, per tant no hi entenc, del gust del tabac.

—Coi de jovent. No fumeu, no beveu, no dieu paraulotes, feu esport. Almenys sabràs pelar-te-la, no?

—Sí, però no practico gaire. Em deixa molt cansat.

—Sou uns nyicris. Què vols saber, avui? Perquè tu no m'has portat el tabac perquè sí, per fer-me un favor.

—Vam quedar ahir que continuaríem parlant dels seus anys de músic de jazz a la plaça Reial.

—Pensava que ja t'ho havia explicat tot.

—M'agradaria que em parlés de la Gloria Stewart. Ahir em va dir que tots n'estaven enamorats.

El vell resta en silenci un minut llarg durant el qual les males puces s'esvaeixen gràcies a l'empenta del record. El seu cos continua allà, la mà dreta juga amb el paquet de tabac que és dins la butxaca, la vista vaga pel petit rectangle del verd pansit que es veu pels finestrals, però les paraules de l'estudiant l'han projectat de cop cinquanta-cinc anys enrere. Quants anys tenia, llavors, trenta, trenta-un? Intenta pensar-hi. Deu fer una eternitat, perquè té molt present que anava ben vestit, no amb aquesta bata ronyosa que du ara, ni feia aquest tuf de cadàver.

Llavors era alt, presumptuós, fatxenda. Vivia en una pensió de mala mort, però feia córrer els diners: fumava Chester, bevia whisky, convidava les noies i les seduïa amb un somriure i una floreta gentil. I, de tant en tant, n'hi havia que queien rendides als seus braços; i tant si hi queien!

Li hauria agradat que la Gloria fos una d'elles, però no hi va haver manera. La va conèixer a París, quan va cantar al Blue Note, i després la va seguir fins a Barcelona, però aquí tampoc no va tenir sort. Potser si tot plegat no se n'hagués anat a la merda, per culpa del mort...

Es mira en Gerard sense veure'l, i parla a l'auditori imaginari de la sala buida sense esperar que ningú l'escolti, per mera necessitat de posar la vida en paraules com no ha fet mai.

La Gloria cantava amb els Jazz Brothers, i els ianquis, els nois de casa bona, els artistes, els poetes i fins i tot els carteristes estaven colats per ella. No sabia dir per què, si era per la tendresa barrejada amb amargor que tenia el seu cant, per la dolça tristesa de la veu, pel somriure melangiós o, simplement, perquè els excitava l'exotisme racial. No hi havia gaires negres a Barcelona, en aquell temps. Però, fos pel que fos, tots els homes bevien a galet per ella. Ell també, és clar. Fins i tot en Vázquez Montalban, tan savi i distant que semblava, li va dedicar un poema. Encara en recorda algun vers: «la triste risa negra de Gloria / nocturna como su piel», «batíamos palmas si la muchacha / negra nos cantaba Remember When, ya tarde». Se'l sabia tot de memòria, però la seva memòria avui és tan evanescent com el fum d'un cigarret. I ara que ha dit la paraula cigarret, pensa que en té un paquet sencer per ell sol a la butxaca. A vegades els déus s'apiaden dels diables.

—Sortim al jardí, que així podré fumar. Tens foc, noi?

En Gerard també ha pensat en el foc. L'estanquera li ha regalat una capsa de llumins amb publicitat de Netflix. A en Juan li costa aixecar-se de la butaca on està entatxonat. L'estudiant fa per ajudar-lo, però és refusat. Geni i figura. Quan per fi s'ha alçat, el noi s'adona que és més alt del que li va semblar ahir quan el va veure venir pel passadís, i pensa en l'avi Ricard. El vell agafa el bastó i li indica el camí amb el cap.

A fora seuen en un pedrís al sol. Quan és a punt d'encendre el cigarret passa una cuinera. Va d'un pèl que no l'enxampa.

—Bon dia, Juan. Què, prenent el solet? I aquest jove tan guapo, que és el seu net? No m'havia dit mai que tingués nets —la bona dona s'ho fa i s'ho desfà tot sola, i ells li segueixen la corda perquè aviï ràpid—. Au, passi-ho bé. Me'n vaig a la cuina, que tinc feina. Avui us fem canelons per dinar. Que es quedarà a dinar amb tu, el xicot?

—És bona dona, però pesada. Ni et passi pel cap quedar-te a dinar, és ranxo casernari. Pots comptar quins canelons fan. Semblen espàrrecs, de prims que són. A més, inunden el plat de beixamel aigualida perquè ens atipem sucant-hi pa. Segur que hi tiren bromur.

En Gerard es queda igual.

—No saps per què hi tiren bromur, al menjar? Per evitar que trempem. El bromur rebaixa la libido, i així tots som més dòcils.

En Gerard se'l mira amb una commiseració dissimulada. S'ha d'estar grillat per pensar que, als vuitanta-sis anys, encara se li aixecaria si no fos per una potinga que li posen al menjar. Per canviar de tema treu un llumí, fa barraqueta amb les mans i l'encén. El vell fa un parell de pipades llargues i profundes que posen la brasa al roig viu. Tanca els ulls en un petit èxtasi de sabor i continua parlant sense obrir-los.

—Aquell hivern vam actuar a tots els programes de ràdio:

Jazz estudio, de Ràdio Barcelona; *Síncopa y ritmo*, de Ràdio Joventut; *Jazz Panorama*, de Ràdio Espanya, *Jazz Selección*, de Ràdio Nacional. També vam tocar al Club de Ritmo de Granollers i al Bikini. I encara que alguns rata sàvies diguessin que érem dolents, era puta enveja. Érem del millor que hi havia a Barcelona, i la Gloria era una cantant de primeríssima; una Fitzgerald o una McRae. En aquella època, a Barcelona més bons que nosaltres només hi havia el Tete. Ell era d'una altra lliga.

—El meu avi va escriure algun article elogiant-los.

—Sí, el teu avi, i en Jordi Vall Escriu també, però la resta ens odiava perquè no érem dels seus. Nosaltres només volíem tocar jazz per sentir-nos lliures, tocàvem del matí a la nit perquè ens hi anava la vida. Aquesta era la nostra revolució, i ens importaven tres punyetes el comunisme, l'existencialisme, la poesia i totes aquestes gaites. Això era esnobisme, i els crítics eren uns putos pedants que, com que no sabien ni tocar cap instrument, ni cantar, escrivien cròniques dient-nos als altres com ho havíem de fer. Té collons el tema, oi?

»Els Hand vivien en una casa molt atrotinada per allà al barri Besòs. Era de planta baixa i tenia un pati al darrere. Quan feia calor assajàvem al pati i tot el veïnat ens venia a escoltar, eren els nostres millors fans. Però els Hand també eren uns elements complicats. En Jack i en Phil, que tocava el trombó, discutien tot el dia, i la resta procuràvem no ficar el nas en les seves coses. En Wally Besser era un trompetista força esquerp. En Chip Collins, el bateria, estava com una regadora. En aquella època ja es passejava per la Rambla amb una anella gegant penjant de l'orella. Es fotia en cada embolic! En Pere Ferré era seriós. Arribava, saludava tothom, s'asseia en un piano vertical que hi havia a la casa i que estava tan atrotinat que sonava com en un cafè del Far West i, quan ja en tenia prou de suportar les discussions, s'aixecava i marxava, sempre dient adeu. I jo feia el que podia. A vegades estava sense un clau i hi anava més que res perquè em convidessin a dinar, si és que tenien menjar.

»En Jack era més abrandat, va ser pioner dels Dj a Eivissa. En Phil, per contra, era més reservat. Diuen que va ser un dels que va convèncer en Rosselló perquè fundés el Jamboree, però jo no m'he cregut mai res del que es deia d'aquell parell.

—I la Gloria hi anava, a casa dels Hand?

—Aquella casa era un desgavell continu. Jo havia vist la Nancy xutant-se mentre donava el biberó al seu bebè. La Nancy tenia un fill amb en Phil, però m'havien dit que s'ho muntava amb en Jack. Ara, hi havia una tal Joan o una cosa per l'estil, una bleda escocesa que també era nòvia d'en Jack. La Gloria era una dona amb classe que havia conegut en Marlon Brando i en Jack Kerouac. Crec que gairebé no hi va anar mai, a la casa. Ella arribava amb temps al Jamboree i assajava allà. I ja en tenia prou.

—Però per què es barallaven tant els dos germans? —pregunta el noi que, com que a casa en són quatre i ell és el petit i consentit, no li cal barallar-se amb ningú.

—En Phil traficava una mica amb tot: tabac, drogues, whisky. No era un gran delinqüent, però la Guàrdia Civil li estava sempre al damunt, i tenia cartrons de Chester sota el llit i paquets de droga al dipòsit del vàter. Alguna nit no s'havia presentat a tocar perquè s'havia d'amagar o perquè havia quedat per fer algun tripijoc. Fins i tot una nit es va presentar amb la cara com un mapa. Es veia d'una hora lluny que l'havien estomacat de valent, però ell deia que havia caigut per unes escales.

»Total, a mitjans de juny en Wally Besser, que n'estava tip de tantes trifulques, ens va anunciar que en Joe Fusté l'havia contractat a l'orquestra del Florida Park de Madrid, i ens va deixar. Una setmana després els Hand es van fer fonedissos i aquí es va acabar la història dels Jazz Brothers.

—I la Gloria?

—Els bons van sempre amb els bons. Va entrar de cantant amb el grup del Tete Montoliu. Aquell juliol de 1960 la plaça Reial va ser el paradís, i ella la musa.

—I vostè, què va fer aquell estiu?

El vell fa la darrera pipada al cigarret i enterra la burilla en la natura morta d'una jardinera que ningú no ha cuidat des que es va reformar la residència, ja fa cinc anys. S'empassa la darrera glopada de fum amb un esforç extraordinari, per no deixar ni una volva pul·lulant per l'aire, exhala un dèbil sospir i diu:

—Anem cap dins, que tinc fred.

***

Va ser un estiu molt boig, el de 1960. La Gloria Stewart no va suportar gaire temps el Tete Montoliu i se'n va anar a Eivissa. Els germans Hand s'havien establert allà i estaven tocant en un club que s'acabava d'obrir a l'altra banda del port i al qual s'hi arribava amb barca, el Jazz Club Talamanca. Allà hi tocaven molts músics cada nit, però la clientela era la mateixa sempre i la caixa no donava per pagar-los a tots. I el turisme tot just començava.

A finals d'estiu, tots estaven més pelats que una rata, i van tornar a Barcelona. Més d'un va fugir per cames de les pensions on havien quedat a deure una picossada. Aquí hi havia molt d'ambient. El públic del Jamboree volia escoltar la Gloria, així que el Tete va agafar la maleta i se'n va anar a Alemanya a tocar. No va tornar fins al setembre, i va fer unes setmanes al club, però a l'octubre va marxar a Madrid. El Jubilee havia desaparegut, però en Xavier Coma programava alguna jam al Kit Kat. Allà es va consagrar el saxofonista Salvador Font, *el Mantequilla*, li deien.

La gent anava amunt i avall tota la nit, de local en local, i tots es coneixien i se saludaven amb petons i abraçades. La plaça Reial bullia i el diner corria de mà en mà amb avidesa. Tot es comprava i es venia: alcohol, tabac, marihuana, prostitutes, i el jazz era la banda sonora que acompanyava aquella agitació. La policia ho controlava discretament, i només hi intervenia en casos puntuals. Al règim no li agradava gens, allò, i la premsa oficial no dubtava a llançar invectives contra el comportament immoral d'aquell jovent, però deixaven fer. Estava clar que esperaven un bon moment, una excusa que els permetés desmantellar tot aquell desori i presentar-se davant l'opinió pública com els salvadors dels valors patris. Però el jovent i els artistes que corrien per allà, o no ho veien, o no ho volien veure.

Amb en Salvador Font Mantequilla, en Pocholo, en Sandaran, en Farreras i un parell de músics més de primera fila es va crear la Jamboree Jazz Stars, i no van dubtar a demanar a la Gloria que cantés amb ells. Sense ella, el local havia decaigut. Quan va tornar la seva veu agredolça i el seu somriure trist a l'escenari, van tornar les nits d'èxit i festa. La banda era de les millors d'Espanya, i ella cantava com mai. El dia de Sant Esteve van participar en un festival matinal que Ràdio Joventut va organitzar al Teatre Calderón, i es van consagrar definitivament. La Gloria Stewart se sentia estimada com mai i es buidava cada cop que pujava a l'escenari. Era la veu de Barcelona, ningú no ho posava en dubte.

El jazz estava agitant una societat encara molt adormida. Els músics que s'avorrien tocant boleros al Bikini o Las Vegas, els dissabtes a la tarda treien el ventre de pena al Jamboree en unes frenètiques jam-sessions en les quals el públic embogia d'excitació. A Granollers, el Club de Ritmo va oferir alguna de les seves millors actuacions un diumenge que hi va aterrar el saxo Bill Coleman. El Hot Club va portar el trompetista Buck Clayton i la seva banda al Windsord. El concert va ser memorable, però la jam que Clayton, Coleman i uns quants músics de les seves bandes van fer aquella nit al Jamboree va ser inoblidable. En sortir del club aquella matinada d'abril, la gent tenia la sensació que els temps començaven a canviar, i estaven convençuts que no hi hauria qui deturés aquella embranzida de llibertat que sortia de les claus d'un saxo. Ho veien com un fet inexorable.

Però, per si algú oblidava en quin país vivia, la pel·lícula *Juventud a la intemperie* va deixar anar un missatge ben diferent i evident. Estrenada a finals de 1961 i dirigida per Ignacio F. Iquino, era un drama pseudopolicial on es retratava un jovent angoixat i indolent que, sense futur, vivia al marge de la societat del seu temps, sobretot de la misèria mental de la postguerra que representava la generació dels seus pares, tot i que això no es deia a la pel·li, és clar. Els personatges subsistien a base de tripijocs i amb un comportament antisocial que els acabava duent al crim, per sort resolt gràcies a l'eficàcia d'un policia que, ves per on, era el pare del sospitós. Sort que la generació que havia fet la guerra eren gent d'ordre, deixava entreveure el guió que la censura devia aplaudir.

El film assenyalava amb claredat les perverses influències de les idees estrangeritzants com a motiu de perdició d'aquest jovent que es passava les nits a clubs i bars, que consumia drogues, practicava sexe i no tenia cap mena de capteniment ètic ni respecte pel passat.

L'arenga moral d'una veu en off és demolidora:

> He aquí el escenario. Los esfuerzos realizados por los estadistas y las entidades seculares para arropar el desangelamiento moral de las nuevas generaciones, acosada y tentada por las más bajas solicitudes de la corrupción espiritual, alimentan extensos núcleos de una juventud sin ideales, sin amor al pasado ni fe en el futuro. Otra juventud que vive a la intemperie.

A la pel·lícula, la Gloria Stewart canta «Manhattan blues». Hi havia qui deia que l'actuació de la Gloria, en la pel·lícula, era un escarni al seu propi món.

***

A en Gerard Costa, un jove del segle XXI, aquest sermó el fa riure.

—Quantes vegades ha vist la pel·lícula? —li pregunta mig en broma.

—Cap.

—Però si me l'acaba d'explicar amb detall!

—La meitat de coses me les he inventades i la resta me les devia comentar algú. No recordo pas haver anat a veure-la. O potser hi vaig anar un vespre, borratxo. Com vols que tingui present un detall insignificant com aquest, amb la d'anys que fa. He anat milers de vegades al cine en ma vida i no em puc recordar de totes. Què pretens? Mofar-te d'un vell acabat i dement? —respon irat en Juan mentre fa el gest d'aixecar-se de la butaca—. N'estic fart, de tu i de les teves preguntes. Fot el camp i no tornis més.

—El meu avi, en uns diaris de joventut que la tieta va trobar al seu pis de Gràcia, diu que li van oferir tocar a la banda sonora i que, al final, es va discutir amb el productor i els va engegar.

—Ton avi menteix. Sempre va escriure inventant-se les coses per fer-s'ho venir bé. Jo no havia sentit a parlar d'aquesta pel·lícula fins que la vaig veure a la cartellera dels cines. S'ha acabat. Fora d'aquí.

Empipat, en Gerard atura la gravació, desa la llibreta i el boli a la motxilla i s'aixeca d'una revolada. Dret, abans de marxar, es gira cap al vell i se'l mira amb desdeny en un pla picat. Vist així, el troba més decrèpit i acabat que mai. Derrotat per una vida que no és capaç d'assumir. Sap que s'ha emprenyat en sentir-se atrapat per les seves pròpies falsedats. No és la primera vegada que l'enxampa i, si no hi ha donat més importància fins ara, és perquè necessita un testimoni per fer el treball, encara que manipuli la realitat amb l'excusa de la vellesa. Però el que no pensa tolerar és que tracti el seu avi Ricard de mentider. I menys quan, ahir mateix, va lloar els articles on parlava bé dels Jazz Brothers quan ell hi tocava.

«Que el bombin, ja tinc prou material per al treball. Si no em queda de notable em quedarà de suficient. N'estic fart, de suportar aquest cretí. Ja noto que faig pudor de vell i tot», pensa mentre camina decidit pel passadís i surt sense ni acomiadar-se del zelador.

Assegut a la parada del bus, recorda que, a la classe d'història del cinema, els van parlar de l'escola de Barcelona. Aquest Iquino n'era un? Li estranya, perquè a classe va entendre que eren uns moderns, i aquesta pel·li fa un tuf de carca que ofega. Treu el mòbil i consulta la Viquipèdia, pou de saviesa dels estudiants. Llegeix en diagonal: Vicente Aranda, Jacinto Esteve, Joaquim Jordà, Carles Duran, José M. Nunes, Ricard Bofill, Pere Portabella, Jaime Camino. No, ni rastre de l'Iquino.

Un cop a l'autobús pensa que aquests de l'escola de Barcelona potser eren progressistes i no feien films carregats de moralina barata, però està convençut que les seves pel·lis experimentals devien ser uns bons raves. El profe en va programar dues per veure-les a classe però, tement-se el pitjor, aquell dia es va quedar mandrejant a la gespa del campus.

Cartell oficial de la pel·lícula.

L'amant

Hi havia turbulències, i el Caravelle es va sacsejar com una coctelera. L'inspector Felipe Margarito era la primera vegada que volava i ho va passar fatal. Va pensar què seria de la seva dona i els seus tres fills si es quedaven sense pare. La paga de viudetat d'un policia no donava per a res. Potser haurien de tornar a Socuéllanos, d'on havien marxat feia dotze anys. Ells hi estaven bé, a Barcelona. S'havien comprat un piset a Sant Andreu, els nens havien crescut allà, hi tenien amics d'altres famílies d'agents del cos; per res del món voldrien tornar a la Manxa. Ja els feia prou mandra anar-hi a l'estiu a visitar la parentela. Però, mentre dedicava el temps a aquests llòbrecs pensaments, l'avió va aterrar a l'aeroport d'Eivissa sense novetat. Ara, el pobre Margarito estava pàl·lid com la llet. Els altres dos es reien d'ell.

—Què, Marga —li deien—, és divertit, oi, anar amb avió?

—Jo de tu aniria una estona a la platja, a veure si et torna el color. M'han dit que aquí n'hi ha d'aquelles, de ties en pilotes. Si vols anar-hi una estona, ja et portem nosaltres la maleta a l'hotel.

—I si lligues, ja trucarem a la teva dona dient-li que estàs enfeinat.

Però no tenien temps per festes. Havien vingut a provar

sort, i tant podien obtenir alguna pista com tornar a Barcelona amb la cua entre cames. Van anar a l'hostal a deixar la breu impedimenta que duien, i ràpidament a la comissaria de policia a presentar-se. El sotscomissari va posar un vehicle amb xofer a la seva disposició, i al cap d'uns minuts ja trucaven a la porta de la casa on, segons els havien indicat els companys, hi vivia la dona que buscaven. Era prop del cementiri, semblava un presagi.

La María Pilar Alfaro Velasco era una dona de trenta-dos anys, menuda i prima d'ulls grans i foscos, que duia la cabellera recollida quan va obrir la porta als policies. En opinió dels tres, «estava bona». Darrere d'ella va aparèixer el seu nòvio, James Stephen Johnston, un escriptor nord-americà d'Oklahoma, de vint-i-nou anys, cabell negre, mirada perduda i una barba serrada que el feia semblar més gran del que era. S'havien conegut a Barcelona, on havien viscut una temporada i, després d'intentar trobar feina a Roma i a Alemanya, van decidir instal·lar-se a Eivissa, on alguns coneguts els havien dit que podrien guanyar-se la vida fent classes d'idiomes: ella d'espanyol, i ell d'anglès. A l'illa van fer amics, però de diners, ni un xavo.

—Com és que no van trobar feina a Alemanya, si allà hi va tothom, a treballar? —va preguntar estranyat en López.

—No teníem contracte laboral. Són molt rigorosos amb aquestes coses, allà —va respondre ella amb tota tranquil·litat.

—Sí, te raó —va reblar l'Antúnez.

—Vostè està separada, oi? —va tornar-hi en López.

—Sí, separada de fet. Li puc ensenyar els papers, si ho vol. L'Stephen també té els papers en regla. Amor, ves a buscar el permís de residència.

—No, no cal, amb el passaport i el carnet d'identitat en tinc prou. Vostè coneixia el senyor Francisco Rovirosa?

Al Margarito li va semblar que, tot i el canvi sobtat de tema de conversa, la Pilar no s'havia alterat gens.

—Sí, vam ser veïns una temporada i vam fer una certa amistat. Que li ha passat alguna cosa?

—Oh, sí, m'havia oblidat dir-li-ho: l'han assassinat —va deixar anar el cap de l'operatiu, que va veure com la dona, ara sí, empal·lidia.

—Es troba malament, senyora? —va preguntar l'Antúnez.

—Home, m'ha impressionat un anunci així, sense més ni més.

—Van ser amics, només, o van mantenir alguna mena de relació més, profunda, diguem-ne? —va insistir en López.

—I ara, només vam ser amics.

Tots tres sabien que mentia, és clar, però amagar una relació amorosa no incestuosa no era cap delicte. Van suposar que ho feia per evitar una discussió sentimental amb l'Stephen, que seguia la conversa impàvid i sense dir res.

Hi havia alguna cosa en aquella situació que anava en contra de qualsevol hipòtesi policial que la impliqués en el cas: la carta que havia enviat al Rovirosa des d'Eivissa estava datada el dia 16 de desembre, just el dia abans del seu assassinat. Quin còmplice faria una cosa així? Seria posar-se la soga al coll gratuïtament. O potser era un intent de crear-se una coartada... Com ho interpretaria un jutge?

Després d'uns segons de silenci, els tres policies sabien que la seva visita a la Pilar Alfaro esllanguia, i que tornarien a Barcelona amb les mans buides. Aquella dona no tenia una vida de santa, precisament, però d'aquí a matar el Rovirosa, hi havia un món.

—Bé, senyora —va engegar en López donant-se per vençut—, perdoni les molèsties. Si li haguéssim de fer alguna pregunta més demanaríem als nostres companys a l'illa que l'hi fessin en nom nostre. Margarito, pots tornar-los el passaport i el DNI.

L'inspector va donar el carnet a la dona, i ja allargava la mà per lliurar el passaport a l'americà quan, en un acte reflex, la va enretirar. Com que ell no havia passat del Monasterio de Piedra, sentia curiositat per veure a quants llocs del món havia estat aquell aventurer. Va obrir el passaport i en va caure un full de paper doblegat. El va collir de terra i, en anar-lo a posar de nou entre les pàgines del document va veure algun detall que li va cridar l'atenció. No sabria dir què, però va obrir el paper i es va quedar esfereït del que hi va veure.

En un full quadriculat, arrencat d'un bloc d'espiral, hi havia dibuixat el croquis d'un local, amb les portes d'accés i les estances. Era un plànol del taller d'en Rovirosa. A la part inferior de la pàgina hi havia el seu nom, l'adreça i les hores en què podia estar sol al lloc. Li va passar el full al López, mentre la Pilar i l'Stephen se'l miraven estupefactes.

—I això? Ens poden explicar que és? —va preguntar amb veu seca i tallant el cap.

—No és el que es pensa —va respondre la Pilar per dir alguna cosa.

—Jo no em penso res, senyora. Em remeto als fets. Ens hauran d'acompanyar a comissaria; allà es podran explicar amb més comoditat. Estem cansats d'estar drets. Antúnez, emmanilla'ls a tots dos. Margarito, avisa l'agent que ens espera al carrer que demani un altre cotxe, no vull que els dos ocellets vagin junts a la mateixa gàbia, encara piularien massa.

Cap dels dos no va oposar resistència a la detenció. Segons va declarar un parell de dies després un veí al *Diario de Ibiza*, «Se'ls veia capcots i resignats, i amb la consciència de saber que no eren culpables, però que l'havien espifiada del tot».

En Jesualdo López no s'acabava de creure la xamba que havia tingut. En els deu anys que duia a la Criminal no s'havia trobat mai amb una situació tan paradoxal com aquella. De no tenir ni una pista a resoldre el cas en un minut; què deia un minut, en un segon. Tot i que l'experiència li havia ensenyat a no estar eufòric, sí que se sentia content per dins. Content i descansat. Feia dos minuts que intentava imaginar la cara del comissari en veure'ls tornar sense res, i ara, de cop i volta, ja es veia ufanós, presumint davant de tothom i emportant-se alguna felicitació dels caps. Com és la vida, va filosofar.

Mentre pujava a l'auto patrulla, que ja duia en marxa la sirena de so esquerdat, va pensar a convidar a un bon sopar els seus dos companys. Potser havia estat un cop de sort, però la sort és pels que se la mereixen. I ells se la mereixien.

***

El sotscomissari d'Eivissa, un cordovès de posat greu i poques paraules, va rebre els tres inspectors al seu despatx per felicitar-los per l'eficàcia en la investigació. Alhora, els del grup Cinquè de la Brigada d'Investigació Criminal de Barcelona li van agrair la seva inestimable ajuda. No sempre era habitual tanta cortesia quan calia col·laborar amb altres comissaries, però que les coses acabessin bé facilitava la fluïdesa en les relacions.

—Esperem que, quan tornem, sigui de vacances —va dir en López.

—Doncs afanyin-se a venir abans no sigui massa tard. Cada dia hi ha més gent, aquí. El millor de cada casa: artistes de mitja pela, vividors, peluts bruts com una guilla, drogoaddictes, traficants. I ja ho veuen, som els que som i no donem a l'abast a tot.

—Doncs res, sotscomissari, si vol, m'ofereixo a venir aquí a ajudar-los. Em sembla que, tot i això que diu vostè, es viu millor a Eivissa que a Barcelona.

—Si més no, em fa l'efecte que les dones són molt més guapes, va respondre-li l'Antúnez, que sempre anava faltat d'afecte.

—Sobre això no sé què dir-li. Vostès, els solters, han de tenir presents aquests aspectes de la vida. Jo porto vint-i-dos anys amb la mateixa dona i ja hi estic bé. I, canviant de tema, què opinen de la senyoreta Alfaro? La veuen amb cara d'assassina?

—No sé què dir-li —va engegar en López—. A penes hem parlat, perquè la declaració oficial li prendrem a Barcelona, però estic convençut que en pot haver estat la inductora.

—Per quin motiu?

—Per diners. Ens ha jurat que en Rovirosa no li va fer mai cap regal, que només eren amics circumstancials, de veïnatge; però a la carta que ella li va enviar el dia abans que el matessin li demanava diners sense embuts. I si els demanava per carta, què ens ha de fer pensar que no en va demanar mai personalment? Algú altre fa la feina i es reparteixen el botí.

—A més, el mort tenia pasta, ella prou que ho sabia. Era un caramel per algú com aquest parell, que no tenen on caure morts —va reblar l'Antúnez.

—Però si ella no és l'assassina material, qui és? El nòvio, el tal Stephen?

—Fa cara de pàmfil, i ja sabem que a vegades aquests són els pitjors. Però el paio té coartada. El dia del crim era aquí. La dependenta del forn ho ha corroborat, li va vendre una barra de mig.

—Doncs hauran de collar-los.

—No pateixi, sotscomissari. Cantaran. A Via Laietana es canta més que al Liceu —va dir en Margarito amb veu crua.

L'endemà el vol anava amb retard. En Margarito estava atacat dels nervis només de pensar que havia de tornar a pujar en un d'aquells tubs d'acer que hi havia a la pista, l'Antúnez no parava de badallar obrint la boca de catxalot fins a deixar veure la campaneta i en López va comprar el *Diario de Ibiza* per comprovar si deia alguna cosa.

La notícia estava explicada de manera concisa i poc aclaridora, dues mitges columnes a la part de sota d'una pàgina esquerra; com ell havia demanat, perfecte perquè tingués pocs lectors. Del motiu de la detenció i la identitat dels detinguts no se'n deia gairebé res: un súbdit nord-americà, una ciutadana espanyola separada i amb dues filles de set i tretze anys (la dada era irrellevant, però als periodistes els encantaven els detalls personals), suposadament relacionats amb un crim comès a la península (perfecte no ubicar l'indret exacte del delicte), del qual va ser víctima el senyor M. T. S. (ni les inicials coincidien, genial). La peça acabava amb l'obligat afegitó sobre la brillant actuació de la policia, etcètera, etcètera. Feia goig veure com la premsa local acomplia les instruccions de la comissaria. Va doblegar el periòdic i el va llençar a la paperera sense molestar-se a llegir res més. Era dijous i tenia ganes d'arribar a casa i fer-se una bona dutxa. Havia dormit fatal, com sempre que anava a un hotel, i tenia l'esquena cruixida. «L'edat no perdona, amic meu», li va dir a l'Antúnez, que dormitava al seu costat.

***

En Julio Serra, redactor de successos del *Diario de Ibiza* (fundat el 1893, la gent sempre l'havia anomenat *Es diari*) havia estat l'autor de la nota, però no es creia ni la meitat del que li havia dit la policia. Tot havia anat massa fluid. Cada pregunta que feia tenia una resposta concreta i immediata, i això no era normal. Per regla general, les respostes eren ambigües i lentes, amb afirmacions i negacions arrossegades, frases a mitges i silencis, molts silencis. Però, sobretot, el que més el mosquejava era que no li havien volgut dir qui duia la investigació. Habitualment, si era una indagació local li deien: «agents de la comissaria d'Eivissa» i es quedaven tan amples. En aquest cas, ell ja sabia quina tecla havia de tocar, a quin bar havia d'anar i a qui havia de convidar a un conyac o una cervesa. A l'hora de la veritat, la majoria de les coses no les hi deixaven publicar al diari, però ell conservava totes les notes ben desades en un arxivador tancat amb clau de l'antic despatx d'advocat del seu pare, i esperava que arribés el seu moment. Un llibre sobre la mai no explicada crònica negra dels últims anys de la vida eivissenca seria un *best-seller*. I tal com anaven les coses, intuïa que encara tindria molta feina a fer i moltes històries que no podria explicar. Va anar al despatx del sotsdirector per demanar-li si l'autoritzava a furgar entre la porqueria una mica més.

—Quan hi ha estrangers pel mig, segur que la història és truculenta. Als lectors els apassionen —va argumentar.

—Et dono un dia, només. I abans d'escriure res, m'ho expliques tot.

Explicar-ho tot a en Paco Ribas volia dir que, al cap de cinc minuts, ho sabria el comissari. Però era allò o res.

Li va costar un Soberano esbrinar on vivien els detinguts; aquest cop li havia sortit barat. Era cap a la banda de Ses Figueretes, al sud de la ciutat. El que no va aconseguir saber era qui havia practicat les detencions, i allò li va fer pujar la mosca al nas.

La casa era una construcció modesta de planta baixa i amb un petit jardí a l'entrada principal. La façana necessitava una capa de pintura amb urgència, i el jardí estava abandonat, amb molta fullaraca amuntegada en un racó i les plantes cremades pel vent i el fred. Al costat del portal hi havia dues cadires de boga amb la pintura pelada. Les finestres estaven totes ben tancades. El veí de la porta del costat el va veure tafanejant i ell es va identificar.

Era un home baixet i simpàtic d'una seixantena d'anys i unes ganes terribles que un periodista li fes preguntes. Li va dir que se'ls veia bona gent, nets i educats, que no feien escàndol ni es barallaven, i que gairebé no havien tingut cap visita en el temps que feia que vivien allà. «Un parell de nois que venien a fer classes d'anglès, segons em va dir la dona, i potser un amic, feia més o menys una setmana». Però d'això no n'estava segur. I va insistir que semblaven bones persones i que, quan van sortir emmanillats, «se'ls veia capcots i resignats».

—Van venir molts agents a detenir-los?

—Jo en vaig comptar tres i un d'uniformat que conduïa el cotxe. Però, és clar, tinc moltes coses per fer i no puc estar pendent del que fan els veïns.

Aquell home era una mina. Sort que tenia tanta feina, si no li podia haver demanat que escrivís ell sol un article a tota pàgina. Després va anar a parlar amb la fornera. La fleca era dos carrers tirant cap a Ses Figueretes La bona dona li va dir que havia parlat amb la policia. Li havien preguntat vagament per la parella i, quan els va dir que l'última vegada que havia vist l'home havia estat el dissabte passat a migdia, quan va anar a comprar una barra de pa, els polis es van interessar molt per aquesta dada, i van insistir repetidament a saber si recordava bé que hagués estat aquell dia.

—Escolti, senyor policia, li vaig dir al que duia la veu cantant, jo sé molt bé el dia que visc. Què s'han cregut, aquests. I per cert, senyor periodista, vostès que ho saben tot: eren perillosos, aquests dos? Mira que si eren uns assassins en sèrie, i jo anant-los venent barres de mig amb el meu somriure i desitjant-los que passessin un bon dia. Ai senyor, només pensar-hi ja em tremolen les cames. Perquè miri, jo tinc la tensió una mica alta, sap, i aquestes coses no em van gens bé per a la salut. Ah, ja se'n va? Que té feina? Si, és clar, tots en tenim, de feina. Doncs au, passi-ho bé. Esperi, esperi, li regalo un tros de coca amb pebreres. Són tan abnegats, la gent de la premsa. Au, passi-ho bé.

Quan per fi es va poder deslliurar de la fornera, va tornar a la redacció i li va explicar tot al sotsdirector. No n'havia tret gran cosa, però almenys podria redactar una altra notícia i així hi afegien alguna cosa de collita pròpia i no deixaven morir la història.

—Et dic alguna cosa d'aquí a mitja hora —va respondre en Ribas.

Allò volia dir que havia de trucar a la comissaria i demanar permís per explicar el que els havien dit els veïns, i que segur que tot el barri ja coneixia amb tot detall. Tot i això, el censor que passava a l'hora del tancament era qui tenia la darrera paraula. Quin ofici de merda aquell d'escriure només el que el poder volia que se sabés.

Quan pensava això, en Julio Serra se sentia pitjor que una puta.

El zelador

En sortir de classe s'adona que té un missatge d'un número desconegut. És de fa una hora: «Soc Manuel Campos, el zelador de la residència. Posa't en contacte amb mi quan puguis. És pel Juan, no està bé». Es queda atònit. D'aquell vell boig pot esperar-se qualsevol cosa, però no entén per què el zelador el busca a ell.

Es refugia en un racó protegit del vent gèlid que baixa pel torrent que travessa el campus de l'Autònoma i truca.

—Hola, soc en Gerard Costa, m'has enviat un missatge. Què passa?

—Tinc entès que diumenge us vàreu discutir tu i en Juan. No sé què va passar, però des de llavors se'l veu molt agitat: no ha volgut menjar, està d'un humor terrible, es passa la nit remugant i engega tothom a la merda, fins i tot el metge. Té vuitanta-sis anys, i temem per ell.

—Estàvem parlant dels records de quan era músic i, sense més ni més, em va començar a dir que m'estava rient d'ell, i que tot el que deia el meu avi, que era amic seu, era mentida. Al final em va dir que no en volia saber res més, de mi, que fotés el camp i que no hi tornés. I això és el que vaig fer. I no penso tornar mai més a veure'l ni a parlar amb ell. Ni que em truquis tu ni que ho faci el director de la residència. Jo també estic dolgut i em sento ofès. O és que, pel fet de ser jove, he d'aguantar totes les cabronades d'un vell grillat?

—Entenc la teva postura, i no t'estic culpant de res. Tractar amb gent gran i tan sorruda com ell no és fàcil ni per als professionals, però et demano que t'ho repensis i que vinguis a veure'l un dia, sisplau. Ep, t'estic fent una petició personal, no truco en nom del centre ni de la direcció; és una cosa meva. De fet, he aconseguit el teu número d'estranquis.

—I per què ho has fet?

—Mira. Aquest home ens el van portar els serveis socials fa cinc anys. El van treure d'una pensió del Raval que estava en ruïnes. Feia dos anys que no sortia de l'habitació. Vivia envoltat d'escombraries i no parlava amb ningú. Quan va arribar aquí era un mort vivent, un zombi. Ens ha costat molt que es recuperés una mica. No té a ningú. Nosaltres som el més semblant a una família que ha conegut en sa vida. I ves, al final ens l'apreciem, tot i les seves males puces. En tot aquest temps tu has estat l'única persona que l'ha vingut a visitar, i parlar amb tu l'havia posat de bon humor i tot. Fins diumenge.

—I què m'estàs demanant, que faci d'ONG?

—Digue-ho com vulguis. Jo, el ruc d'en Manolo, t'està demanant que l'ajudis. Ell fins ara t'ha ajudat a tu amb el treball de la uni, no?

—I per què ho has de fer tu i no hi fan alguna cosa els metges, és la seva feina.

—Els metges i les infermeres fan el que poden, però arriba un moment que ja no és qüestió de fàrmacs ni de tractaments, perquè de vell no es passa. És qüestió de benestar emocional. El que jo vull és que aquest i tots els avis de la residència visquin el millor possible els seus darrers anys.

—M'ho pensaré.

—Digue'm alguna cosa ben aviat, sisplau. Aquest és el meu número. Truca'm o escriu-me a l'hora que sigui.

En Gerard passa una mala nit. Per què li ha hagut de trucar aquest Manolo? Què hi pinta, ell, en tota aquesta història? Ell només vol fer un bon treball acadèmic, i ara se sent absurdament compromès en el rescat d'un individu que menteix més que parla, que l'ha insultat a ell i a la memòria de l'avi Ricard, i del qual comença a estar més que fart. Agafa el mòbil per posar-li un missatge al zelador dient-li que no pensa tornar a visitar el vell i que li registri la cambra, que hi té un paquet de tabac amagat, però a l'últim moment s'ho repensa. No és això el que li han ensenyat a casa ni a l'escola. «Merda d'educació progre», mussita. Per un moment li passa pel cap parlar-ne amb els pares. «Tu estàs fatal, xaval», torna a murmurar.

Són les tres de la matinada, no és bona hora per discernir amb claredat. Envia un missatge entre poètic i críptic a la Clara, apaga el llum, es gira cap a la paret de l'habitació i mira el pòster de l'*skyline* de Nova York que li va portar el seu germà. Pensa en pel·lis de gàngsters del Martin Scorsese i en comèdies de Woody Allen que ha conegut pels seus germans grans. Ell mai no arribarà a ser un bon director de cine, ni estrenarà una pel·li a Tribeca o a Sundance; ha nascut en el lloc equivocat i en una època inoportuna. No serà capaç de trobar una bona història i, si la troba, no tindrà els recursos per saber-la explicar. Amb sort podrà rodar un parell de pel·liculetes de baix pressupost per a la tele. O potser ni això. No l'espera un futur millor que el que tenien el seu avi i en Juan i, a més, no es divertirà com ho van fer ells i els seus amics.

De vegades, a classe, es desconnecta del que diuen i pensa què coi està fent allà, quin sentit té estudiar si després la vida li anirà clavant guitzes i l'enviarà ves a saber a quin racó, i tot aquell esforç no servirà de res. No li cal un títol universitari per fer de dependent al Decathlon o al Pans. Com a mínim, la generació de l'avi tenia un somni. Sabien que era impossible i que el règim franquista l'acabaria desbaratant; però eren joves, ningú no esperava res d'ells i ho tenien tot perdut, o sigui que estaven disposats a guanyar el que fos. Es van descarar, van tirar endavant i, durant un temps, a la seva manera i a ritme de jazz, ho van fer possible. I ningú no els va treure aquells dos o tres anys de festa, copes, música, noies i nits llargues de peripècies i tràngols. Aquella època boja i perillosa els va conformar per sempre i ara, a les velleses, l'evocació d'aquella experiència és l'únic que els manté vius.

Potser sí que, amb els anys, els records es barregen, cadascú fa anar el relat de la seva vida per allà on li interessa, amb mitges veritats o amb mentides abjectes o piadoses, segons convingui. Però, al cap i a la fi, què és la vida sinó una torre de Babel?

—Ostres, quina frase més bona. Llàstima que demà ja no me'n recordaré —rumia mentre s'adorm.

***

La categoria del Tete Montoliu va contribuir al renom internacional del Jamboree. Tocava al club des del primer dia, i a vegades la marxa sobtada per tocar a Madrid o a Alemanya n'havia desbaratat la programació, però quan el seu prestigi internacional es va consolidar, els músics de jazz europeus van descobrir Barcelona i el club de la plaça Reial empesos per l'anomenada del pianista català.

El van convidar al primer festival de jazz de Berlín, on participava el gran Thelonious Monk entre altres figures, per tocar amb la nova orquestra European Jazz All Stars. La creació d'aquella big band va aixecar una gran expectativa en la premsa internacional. El Tete compartia el piano amb Martial Solal, que en aquell moment era considerat el millor d'Europa, però el català va sorprendre agradablement la crítica i el públic. Després de les actuacions al festival i en altres bolos que va aconseguir a Alemanya les setmanes posteriors, la revista *Jazz Magazine*, potser la més important del món, el va distingir com un dels grans del jazz actual.

Allò va fer que diversos membres d'aquella efímera banda europea, algun entès i uns quants turistes avançats, es fixessin en el panorama jazzístic català, del qual el món no tenia notícia des d'abans de la Guerra Civil. Va ser així com el saxofonista Dick Spencer va aterrar a la plaça Reial i l'espavilat d'en Joan Rosselló el va fitxar per tocar al Jamboree, on el seu quartet va alternar els passis amb el grup resident o amb el trio Sandaran, les dues formacions en què cantava la Gloria Stewart.

Gràcies al jazz, les begudes i la gent que anava i venia tothora, les nits eren una existència al marge de la realitat, una bombolla d'oxigen. El Tete tornava a ser a Madrid, i després va tocar tot l'agost al Whisky Jazz de Tossa amb Don Byas, però allò no va funcionar. El grup no va quallar entre els estiuejants de la Costa Brava i, algunes nits, el saxofonista americà es va presentar a tocar embriac.

En aquell Greenwich Village casolà, les nits d'eufòria jazzística sovint es barrejaven amb baralles i batusses èpiques. L'alcohol, els trafiques i els tripijocs de tota mena posaven la imprescindible nota negra que tot barri d'aquesta mena necessita per construir la seva aurèola. En Jack Hand, que va tornar a la plaça per dur un bar a la planta superior del Jamboree, havia de torejar cada nit amb espècimens molt passats. El porter del Jamboree, quadrat com un armari, no hi havia nit que no tingués un altercat. Si en la trifulca hi intervenien mariners americans, ho resolia de forma expeditiva la seva pròpia policia militar, que tenia una garita al moll. Si la brega era entre clientela local, hi solia intervenir la guàrdia urbana. I si treia el nas una parella de la policia armada, malament rai, perquè la nit podia acabar als calabossos de Via Laietana. Un cop allà, el problema podia ser greu o gravíssim. En el primer cas, el detingut rebia un joc d'hòsties de franc a càrrec d'algun aprenent de torturador, el deixaven un parell de dies tirat com una burilla en un cau humit i amb una pudor de Zotal que col·locava i, al tercer dia, serè i estomacat, ressuscitava com nostre senyor, lliure i sense càrrecs, però amb una espatlla dislocada o tres costelles que mai no sabia com se les havia trencat.

Els problemes de veritat venien si el detingut estava fitxat per la Brigada d'Investigació Social (que tothom coneixia per la Politicosocial). Llavors anava a parar a les mans d'Antonio Juan Creix o d'alguns dels sicaris sota les seves ordres, i l'hi podia passar de tot. Als clubs de la plaça Reial, no hi solia anar gent molt significada en l'antifranquisme. Molts d'ells, com Gregorio López Raimundo o Jordi Carbonell, ja havien estat torturats uns anys abans per Creix mateix i, o bé s'havien exiliat, o vivien en la clandestinitat o eren a la Model. El públic del Jamboree o del Kit Kat era gent jove, universitaris abrandats amb més boca que seny, i que un dia que es passaven una mica de voltes perquè havien begut més del recomanable, acabaven caient a les urpes d'aquell dement. Llavors la festa acabava en plors i en dolor, encara que el detingut fos més inofensiu que una cadernera.

També podia passar que el noi o la noia tinguessin un cognom il·lustre o fossin de casa bona. Llavors tot era amabilitat, disculpes i records a la família. Al moment, algú dipositava l'import d'una multa, feia un donatiu als orfes del cos i cap a casa sense dir ni bona nit. Als torturadors els feia molta ràbia, perquè sabien que més d'un cadell de la burgesia de la part alta de la ciutat, molts enriquits amb el règim, jugaven al comunisme als passadissos de la universitat.

Mentre a les clavegueres de la matinada passaven coses com aquestes, i a la clínica de vies urinàries del doctor Paituví s'atenien les urgències gonorreiques habituals, la ciutat desvetllava lentament del sopor de vint-i-tres anys de pau de cementiri. Els nens començaven a conèixer el món llegint el *Cavall Fort*, i els adults somiaven amb la Claudia Cardinale per *La Viaccia*, que va protagonitzar al costat de Jean-Paul Belmondo. Per a uns i per als altres, el demà era una pura il·lusió.

En despatxos emmoquetats, la burgesia catalanista creava Banca Catalana al matí, i al vespre fundava Òmnium Cultural en un espai discret. Menestrals, classes mitjanes i molts obrers es feien socis de l'entitat i en pagaven la quota a través de les llibretes d'estalvi que havien obert al mateix banc. Va ser un peculiar compromís històric que va obrir una inèdita era de recuperació cultural que també va portar el jazz a cotes elevades de rellevància social.

Enmig d'aquella atmosfera contradictòria i impostada, però que començava a tenir una tènue llum pròpia, la simpàtica, agradable al tracte i molt elegant Gloria Stewart regnava en l'univers noctàmbul i indolent de la plaça neoclàssica fins que sortia el sol. En aquell moment, la ciutat es convertia en una carabassa plena d'emigrants que arribaven a riuades a l'estació de França des dels quatre punts cardinals de la misèria, i s'escampaven pels turons i cap als rius sense saber ben bé què buscaven.

L'eco de «The lady is a tramp» no arribava fins a les barraques del Somorrostro o del Camp de la Bota, però els dos mons coexistien i eren part intrínseca de la Barcelona grisa de principis dels seixanta.

***

En Gerard Costa i la Clara Campdevànol es van conèixer fent cua per matricular-se a la universitat. Ella duia els formularis súper ben ordenats i complimentats, i ell portava un munt de papers fets un garbuix i no sabia ni per on havia de començar a emplenar-los. I de seguida es van caure bé. Ella estudia publicitat i pràcticament és del mateix veïnat, o sigui que se solen trobar en una Granja la Catalana del barri i així defugen l'ambient carregat i tafaner de la uni.

Quan el noi li explica tota la història del vell, la residència i el zelador, ella es queda de pedra. Quin embolic per un simple treball de classe. Mig en broma, li suggereix que escrigui un *making off* de la història, que serà molt més interessant que el treball. Només per la feinada, segur que el professor li posarà matrícula. Un minut després, seriosa, dona la seva opinió.

—Jo sé què faria, però ets tu qui ha de prendre la decisió. Digues què has pensat i després et diré el que penso jo.

Aquesta noia fa honor al seu nom: és franca, sincera i parla sense embuts, i això, a en Gerard, li mola. No és gaire alta, ni tremendament esvelta o esprimatxada com tantes, i això encara li mola més. I té una mitja cabellera rossa i uns ullassos negre atzabeja que el desarmen quan el mira fixament, com ara. En aquest cas fins i tot és capaç de quequejar.

—He pensat que potser li hauria de donar una oportunitat, al cap i a la fi és un vell sol i moribund. Trucaré al Manolo i li diré ben clarament que aniré a veure'l, però que a la més mínima provocació o insult, allà es queden ell i el vell.

—Opinem el mateix. Només hi afegeixo una cosa. Tu tendeixes a ser un *open arms*, i a vegades t'han pres el pèl. Vigila, que de ser bona persona a fer el pena hi ha un pas molt petit.

—Tens raó. Per això he pensat també que em llegiré tot el diari de l'avi, prendré més notes i portaré més preguntes i més ben preparades; no m'enxamparà. Aquest vespre truco al Manolo i li dic de quedar diumenge al matí, així tindré temps d'acabar de llegir la llibreta. És força difícil d'entendre el que hi diu. L'avi escrivia amb estilogràfica i feia una lletra de puça, i hi ha pàgines amb la tinta mig esborrada. M'hi deixaré la vista.

—Mentre et quedin ulls per a mi...

—Dona, vull pensar que sí —diu fent un mig somriure murri mentre li agafa les mans calentes del Cacaolat que la noia està prenent—. Et volia demanar una altra cosa (pausa dramàtica): et faria res acompanyar-me a la residència? (nova pausa dramàtica).

Ara la noia fa cara d'empipada, però es veu d'una hora lluny que estava esperant que li ho demanés. I si no ho hagués fet, s'hi hauria ofert ella.

—Només hi poso una condició: que no ens hi quedem a dinar.

—Ni boig.

—Doncs vinga, truca al Manolo ara mateix.

El nòvio

Emmanillada a un radiador de la calefacció i amb els ulls esbatanats de pànic, la menuda bellesa d'aire fràgil i la mirada sagaç de la Pilar havien mutat en una grotesca ganyota de ninot de fira. Estintolat en un racó, amb el rostre arrugat, el cabell esbullat, la roba malgirbada i ullerós, l'Stephen havia envellit vint anys, i la seva mirada mansoia s'havia convertit en una cara d'espant similar a la de la seva xicota.

Va demanar la presència d'un advocat i d'un traductor, adduint que no sabia prou bé el castellà.

—Aquí no fan falta els advocats, ja en tindrà un quan vagi a judici. Aquí tothom declara si us plau per força.

Qui li va escopir aquesta frase, digna d'emmarcar i penjar a la porta de la comissaria, era un inspector de mirada alcohòlica i cartutxera a l'aixella, que s'arremangava la camisa plantat al seu davant talment com si estigués a punt d'atonyinar-lo. Si no ho va fer no va ser per falta de ganes. El detingut era un súbdit nord-americà i, si una cosa no volia la policia, era tenir merders amb certes ambaixades, i encara menys amb la Sisena Flota amarrada al port.

—Abans de firmar la declaració, farem venir algú del Consolat perquè li tradueixi. Si hi ha alguna inexactitud, llavors ja la corregirem. A veure: James Stephen Johnston, nascut a

Bluejacket, Oklahoma, fill de Chester i Lucille. Estat civil casat, professió escriptor i professor d'anglès. Ara li toca a vostè continuar donant-me explicacions.

Va ser així com, amb un castellà trufat d'anglicismes i paraules que els dos policies no van entendre (l'altre ho escrivia a màquina), l'Stephen Johnston va declarar que, després de voltar per mig món, havia arribat a Barcelona, on va conèixer la Pilar Alfaro. Sí, sabia que ella era casada i separada. Però això no va ser obstacle perquè se n'enamorés perquè, va dir i repetir, era molt bona noia. Però els dos estaven sense feina, i els estalvis els anaven minvant a poc a poc, ja que duien un tren de vida força alegre.

L'Stephen va dir també a la policia que patia d'insomni, i que sovint es passaven tota la nit xerrant i imaginant mil i una manera de fer diners. I va ser així com ella li va parlar d'en Rovirosa. Li va explicar que l'havia conegut deu anys enrere, i que era un home apocat i d'esperit pusil·lànime. Podrien demanar-li diners, no sabria negar-s'hi.

—O millor encara —va declarar que li va dir ella fent un bot del llit, com qui acaba de tenir una gran idea—. Podríem robar-li.

Ella coneixia bé el taller del carrer d'Aragó: les entrades i sortides, on hi havia els llums i el telèfon, on tenien la caixa de cabals, com era el despatx. També se sabia de memòria els horaris i els costums d'en Rovirosa. Era un autèntic animal de costums, cada dia feia exactament el mateix a la mateixa hora. Els dissabtes a la tarda estava tot sol al taller. Seria una feina senzilla i neta.

—Seria fàcil pelar-lo, oi? —el va increpar el policia acostant-se-li tant a la cara que el va embafar de Floyd.

—Pelar-lo, què és pelar? Pelar és una fruita, no? —va respondre el detingut amb el seu castellà pintoresc.

—Matar, assassinar, executar, liquidar... Mira si es pot dir de maneres diferents —li va espetegar el poli clavant-li els ulls injectats en sang.

Esverat i fent que no amb la mà que tenia lliure, l'Stephen va negar rotundament diverses vegades que pensessin matar en Rovirosa. De fet, va recalcar, la pensada de robar-lo va ser una quimera, una idea peregrina que l'endemà al matí ja havien oblidat.

—Ah, sí? I per què vàreu fer un croquis del local, doncs?

—El vam fer quan vam tenir la idea, i després va ser per al Jimmy.

—Jimmy què més?

—James Bell Wagner, em sembla.

—I qui és aquest puto Jimmy? Vols fer el favor d'explicar-te tot seguit si no vols que et tregui les paraules a hòsties? —va saltar l'Antúnez, que després d'una nit llarga i tèrbola, estava que mossegava.

—Un que vam conèixer en un bar.

—Un d'aquests tuguris d'existencialistes, vagarros, malfactors i negres de la plaça Reial o del carrer d'Escudellers?

—No, a Eivissa. Acabava d'arribar a l'illa. Va entrar al bar on érem la Pilar i jo i, com que no parlava gens d'espanyol, em vaig oferir a ajudar-lo. Ens va explicar que havia desertat d'una unitat de l'exèrcit americà establert a Alemanya, on estava destinat per fer el servei militar. Va travessar tot França, i d'allà va saltar a Eivissa, perquè li havien dit que li seria fàcil trobar-hi feina. Però com que no tenia passaport no podia treballar enlloc, i anava molt curt de diners. Ens va preguntar si li podíem deixar cent pessetes, i nosaltres li vam dir que estàvem tan escurats com ell.

—I, si no tenia passaport, com s'ho va fer per creuar les fronteres?

—Ens va ensenyar uns documents militars que, es veu, li servien per passar les duanes

—I vosaltres què collons hi fèieu, a Eivissa?

—El mateix que ell, intentar trobar feina.

—I com que cap dels tres no teníeu feina ni un lloc on caure morts, vàreu decidir atracar en Rovirosa. El paio es va negar a donar-vos la clau de la caixa forta i el vàreu pelar. Qui dels tres el va matar? Va, que no tinc tot el dia, jo.

—No, no va ser així —va dir el detingut separant-se tot el que podia del rostre del policia per evitar els capellans que li llançava—. Li vam explicar que havíem tingut la pensada de cometre un atracament que ens donaria molts dòlars, i ell de seguida en va voler saber els detalls. Amb l'ajuda del croquis li vam explicar qui era la persona, on tenia el despatx i el pla que havíem ideat. Ell va dir que li semblava perfecte, que podíem anar a Barcelona, fer l'atracament i tornar a Eivissa. Si anàvem i tornàvem d'un dia per l'altre a la policia li costaria molt trobar pistes.

—Aquest Jimmy es pensa que la policia és idiota, o què? Vinga, segueix cantant, que sembles en Jorge Sepúlveda. No t'agrada, en Sepúlveda? Doncs a mi sí: «Mirando al mar soñé, que estabas junto a mí...» Au, garla, home, garla.

L'Stephen no sabia ni de què li parlava aquell home. Estava ben pirat. Fatigat, sense menjar ni dormir, va continuar explicant-se, no fos cas que se li escapés un puny. No en treia res de no dir la veritat, només intentaria matisar-la sense que es notés, per no agreujar la seva situació.

—Vam estar discutint el pla, però després de parlar-ne tota la nit amb la Pilar, l'endemà li vaig deixar ben clar que nosaltres no hi participaríem. No érem lladres, ens feia por. Ens va dir que d'acord, que tiraria endavant el projecte tot sol perquè estava desesperat. Va copiar el plànol que vostès van trobar i, uns dies després, el vam anar a acompanyar al port.

—I no va estar a casa seva? Un veí que va declarar a la policia va dir que, pels voltants dels dies dels fets que m'explica, havia vist algú que trucava a la porta de la casa on vostè vivia amistançat amb la senyora Alfaro.

L'americà va rumiar la resposta. Panteixava. Van passar uns segons fins que l'Antúnez, impacient, se li va abrandar de nou amb aquell tuf de loció barrejat amb conyac barat, i li alçà perillosament una mà enorme amb un anell que semblava un mall encastat al dit mitger. Li va ensenyar: «record de família», diu enfotent-se'n amb crueltat.

—Perdoni, estic molt cansat i em costa recordar alguns detalls —s'excusa el detingut separant-se una mica més de l'inspector—. Sí, va venir a sopar una nit a casa nostra. La Pilar va comprar un pollastre i ens el vam menjar entre els tres.

—I com van tallar el pollastre? —va deixar anar, jocós, el policia.

—Doncs amb un ganivet, suposo.

—Era vostre o el duia en Jimmy?

—No ho sé. Podia ser que el portés ell, no ho recordo amb claredat.

—I no deus saber on és ara, oi?

—No, no l'he tornat a veure mai més —va respondre amb aquella veu mansa que exasperava l'Antúnez.

I li va caure un ventallot inesperat i gratuït perquè se li refresqués la memòria, però ni així va confessar on era el suposat autor del crim. Li va sortir un fil de sang de la comissura dels llavis.

—Si et pregunten com t'ho has fet, dius que has ensopegat.

***

El Margarito va ser l'encarregat d'interrogar la Pilar Alfaro. En López el va designar a ell pel seu caràcter més calmat i bonifaci; fins que li tocaven els nassos, és clar. Li va demanar a l'agent uniformat que la vigilava que la deslliurés del radiador, i la va fer passar a una sala sense finestres, una bombeta tísica que dibuixava ombres macabres a les parets escrostonades i unes taques d'humitat com els mars de la lluna que havia fotografiat l'Sputnik. En un racó hi havia l'agent que, amb dos dits, picava a màquina el que ella deia. L'inspector no se li va abrandar en cap moment ni va alçar la veu. Només li va demanar que expliqués tot el que sabia i que procurés no entabanar-lo «perquè el seu company també està declarant ara mateix, i més d'hora o més tard ho sabrem tot».

—A veure, vostè és María Pilar Alfaro Velasco, nascuda el 21 d'octubre de 1930 a Barcelona, filla de Félix i María Asunción. Casada i separada del seu marit Joaquín Ramírez Picas. Què m'ha de dir?

I ella, aparentment submisa, va encongir les espatlles i va començar explicant qui era en Rovirosa i quina relació hi havia tingut.

—El vaig conèixer per casualitat. Quan em vaig separar vaig anar a viure de rellogada en una cambra d'un pis molt petit. Un dia se'm va espatllar l'única làmpada que tenia i, com que ell tenia el taller al davant, vaig anar-li a preguntar si me la podia reparar; com a favor vull dir. Va avisar un noi perquè es mirés el llum i, mentre ho feia, vam estar parlant.

—De què van parlar?

—Res, del temps i coses així, quatre banalitats. Em va explicar com feien les tulipes i les muntaven a les làmpades. La veritat és que el tema no em va interessar gaire, però el vaig escoltar per cortesia, i perquè em va reparar el llum de franc.

—I després es van tornar a veure força sovint, segons tinc entès.

—Unes quantes vegades, sí.

—Eren amants? —va deixar anar de sobte el policia.

—No —va respondre ella amb la mateixa naturalitat que si li haguessin preguntat si tenia gos.

—Però bé que es veien sovint, molt més que unes quantes vegades.

—A poc a poc ens vam fer amics.

—I no van passar mai d'aquí?

—No.

—Però és cert que en Rovirosa li feia regals i li donava diners?

—Em va fer alguns regals, sí, però jo mai no li vaig demanar diners.

—Com era, personalment?

—Era un bon home, però tenia un caràcter temorenc i indecís. Defugia les discussions i era incapaç de lluitar per res.

—Era fàcil treure-li calés, doncs?

—Jo no ho vaig fer mai, però crec que sí. Un dia érem a Montserrat i li va sortir al pas un home que li va demanar diners i ell, per evitar raons, els hi va donar sense protestar. Tenia aquest caràcter encongit.

La Pilar va declarar que allò va ser el que va donar la idea del robatori a l'Stephen. Durant alguna de les seves converses d'insomnes ella li va parlar d'en Rovirosa, li va explicar la seva manera de ser i que coneixia molt bé com funcionava el taller del carrer d'Aragó; fins i tot on tenia els diners i quin dia n'hi havia més a la caixa forta. Llavors el seu xicot li va proposar d'anar a Barcelona a demanar-li'n o, encara millor, a robar-los-hi.

—I a vostè li va semblar una bona idea? —pregunta en Margarito.

—No, però la nostra situació econòmica era desesperada. Ens havíem gastat vint-i-cinc mil peles a Roma i Frankfurt, i gairebé no en teníem ni per menjar. Hi vaig estar donant voltes uns quants dies, llavors va ser quan vam fer el plànol que vostè va trobar, però a la fi li vaig dir que jo no m'hi veia amb cor. A més, havíem aconseguit dues classes particulars i ens havien pagat cinc-centes pessetes, prou per anar tirant.

—Caram, sí que es conforma amb poc, vostè. Però en aquell moment ja havia aparegut el tal Jimmy, oi?

—Sí, me'l va presentar l'Stephen, dient que l'havia conegut en un bar, tot i que a mi em va fer l'efecte que ja es coneixien d'abans. Ell també estava sense ni cinc, i vam cometre l'error d'explicar-li el nostre pla. Quan, al cap d'uns dies, li vam dir que nosaltres ens retiràvem, ell va dir que no hi tenia inconvenient, que ho faria tot sol.

La dona va reconèixer a l'inspector que ni ella ni l'Stephen no van fer res per treure-li la idea del cap perquè no creien que acabés fent res. En Jimmy Wagner era un paio d'uns vint-i-pocs anys, cabell curt, alt i fort, amb coratge de militar i amb pinta de pocs amics. El dia que van anar a acomiadar en Jimmy al port, ella va escriure una carta a en Rovirosa, «per passar la meva mala consciència d'haver pensat a atracar-lo». Però la carta no va arribar a temps, i l'empresari no la va poder llegir mai.

—Ja la coneixem prou aquesta carta. Com es pensa que l'hem trobat tan fàcilment? Però, si no l'he llegida malament, a la carta sí que li demanava diners.

—A l'Stephen no li va agradar del tot que ens féssim enrere. Jo vaig pensar que, només que en Francisco m'enviés un gir de mil pessetes, ell es calmaria, i oblidaria l'afer. Per a ell no era res, i a nosaltres ens arreglava la vida una temporada.

Aquella dona tenia respostes per a tot. L'inspector de la BIC va recórrer a l'efecte sentimental. No li solia fallar mai quan interrogava dones.

—Ja ho entenc. Però vostè era conscient que, de manera voluntària o involuntària, amb el pla, el croquis i les explicacions, estava induint en Jimmy a cometre l'assassinat? No m'ho negui. En part, també per això va escriure-li la carta de la mala consciència, com diu vostè mateixa.

En aquell moment la Pilar es va desfer en plors. Tota la fermesa que havia demostrat fins llavors es va ensorrar com un castell de naips. Entre sanglots, deia i repetia que estava convençuda que en Wagner no faria res, que anava a Barcelona per aconseguir un passaport fals. Insistia que ell mateix els ho va repetir unes quantes vegades el dia que va marxar.

—I ara no sap on és, és clar?

—No. Fins que me'l va presentar l'Stephen no l'havia vist mai a la vida, i no n'he tornat a saber mai més res.

Fins i tot negada en plors tenia respostes per a tot, ràpides i decidides. Coi de dona.

***

L'Antúnez va sortir a dinar amb una esgarrapada. Va menjar callos amb mitja ampolla de vi en una taverna del carrer Comtal, i després va demanar un carajillo. Abans de continuar amb l'interrogatori es va canviar de camisa, estava xopa de suor i hi va descobrir la projecció d'unes gotes de sang.

L'Stephen estava emmanillat i dret en un racó de l'habitació. El seu cansament ara ja era una fatiga enorme que li desfigurava el rostre. El fil de sang se li havia assecat i parlava amb el cap cot i decantat sense mirar el seu interlocutor. L'inspector se li va acostar, en aquell moment la fortor de xoriço picant era insuportable.

—A veure, minyó, aquí tinc unes dades que no quadren del tot amb el que m'has explicat aquest matí. La teva nòvia, xicota, amant o com li vulguis dir ha declarat que tu li vas presentar en Jimmy a ella, no que el vàreu conèixer els dos simultàniament, i que li va fer l'efecte que tu i ell ja us coneixíeu d'abans. No hi tens res a dir?

—Li juro que no el coneixia de res. On l'havia d'haver conegut, si ell era a l'exèrcit fins feia uns dies abans, quan va desertar?

—Mira, no se per què, però et crec. El que no em crec és que ara no sàpigues on és o, si més no, que no tinguis ni una petita idea d'on es pot haver amagat.

—Després que vostè ha marxat a dinar he recordat que li vaig fer unes ratlles de presentació per a uns amics de Barcelona, perquè ell no coneixia ningú. Són dos músics de jazz, en Jack Hand i la Gloria Stewart. Tinc entès que toquen moltes nits al Jamboree. A ell l'havia conegut un estiu que va estar tocant a Eivissa, però a ella ja la coneixia d'abans, a Barcelona.

—Ara t'escolto.

I li va ventar una plantofada a l'altre costat de la cara, d'on també li va lliscar una fina ratlla de sang per la juntura del llavi. Aquest cop, però, es va apartar a temps per no tacar-se.

—Perquè refresquis millor la memòria. Abans t'ha anat la mar de bé.

Quan va arribar el funcionari del Consolat per traduir-li

la declaració, l'Stephen duia la cara neta i anava pentinat. Només unes ulleres profundes delataven el seu cansament.

A ell i a la Pilar ja els tenien. Ara el seu objectiu era en Jimmy i els seus amics de la plaça Reial.

***

El policia armada que estava de guàrdia a la porta de la comissaria de Via Laietana va aturar un xicot que passava per la vorera tot decidit amb un «alto» eixut. Era l'estudiant de dret que feia pràctiques al jutjat.

—Hola, noi. No em recordes? Vam coincidir dissabte passat en aquell aixecament de cadàver al carrer d'Aragó, el de l'industrial de les làmpades. Ja tens l'estómac a lloc?

—Ah, sí, perdoni, no l'havia reconegut —va respondre el xicot, sobtat—. No m'havia aturat mai la policia, sap. Sí, sí, ja estic bé.

L'altre, per fer-se l'important, li va explicar que ja havien detingut els autors materials del crim, una parella que s'havia amagat a Eivissa. Ell era estranger, i ella estava bastant bona. Es veu que ella havia estat amant de la víctima, i per això sabia que tenia calé llarg, i amb el seu nòvio actual i un còmplice van organitzar l'assalt al magatzem de làmpades.

—Però l'home no els va voler donar la pasta, es van barallar i entre els tres el van acabar matant. A aquests els cau pena de mort segur —va dir l'uniformat tot satisfet com qui parla d'una excel·lent tarda de toros a la Monumental.

El jove estudiant es va esgarrifar en sentir aquelles tres maleïdes paraules, però no li va dir res al policia, ja en tenia prou d'aquell fatxenda.

Al cap d'una estona, mentre caminava Via Laietana amunt, va pensar en els dos pobres desgraciats que havien enxampat i als quals, de ben segur, els havien tret una confessió de dubtosa legalitat a hòsties i patacades. Llavors va decidir que, quan fos advocat, dedicaria tots els esforços possibles a abolir l'horrible pena capital. Bé, a això i a la màgia, la seva gran passió. Però primer era el dret, no volia decebre ni els seus pares, ni tanta pobra gent que un dia hauria de defensar, potser del garrot vil.

—Antes muerto que titiritero —li va dir esverada sa mare el dia que va manifestar a casa la seva passió per l'il·lusionisme.

No calia que patís, amb l'exercici del dret també intentaria tornar la il·lusió a tanta gent com li fos possible. Però no oblidaria els jocs de mans. Això sí que no.

L'avi

A l'avi Ricard li hauria agradat ser escriptor, però, fins que va emmalaltir, es va guanyar la vida treballant en un banc. No va arribar mai a editar cap llibre, tot i això, com que era aficionat al jazz i coneixia a tothom d'aquest petit món, va publicar una colla d'articles i crítiques musicals en un parell de revistes força conegudes entre els aficionats de l'època: *Club de ritmo* i *Aria jazz*.

Fa uns mesos en Gerard li va demanar a la tieta, que continua vivint al pis dels avis, si conservava aquells articles. Havia de fer un treball sobre un personatge familiar per a la universitat, i va pensar en l'avi com a única persona que havia fet alguna cosa més enllà de treballar, tenir fills i pagar factures. El dia que la tieta va comparèixer amb una capsa de cartró plena de revistes, retalls de diari i dues llibretes d'espiral amb notes manuscrites quasi il·legibles, els ulls se li van obrir com taronges. Va llegir els articles, va pensar que ja en tenia prou per fer el treball, i que el completaria amb el testimoni d'algun dels personatges que hi sortien, si eren vius. Va deixar de banda les llibretes manuscrites.

Va trobar el Joan, o Juan, casualment. En aquelles revistes es parlava sovint del Jamboree. Era el temple del jazz a la Barcelona dels seixanta. Va fer una cerca per internet i va descobrir un llibre que parlava del club. El va demanar a la biblioteca i, a mig llegir-lo, va descobrir que citava l'avi de passada. Va escriure a l'editorial, que el va posar en contacte amb l'autor, en Pere Pons. Fa un parell de setmanes va quedar amb ell una tarda al Glaciar, a la plaça Reial, perquè en Pons, a més de crític musical, és el programador del Jamboree.

En Pere és un home molt amable. Li va explicar mil històries del club, li va parlar de la Gloria Stewart i el va convidar a l'actuació d'aquell vespre. Hi va tocar un trompetista italià anomenat Enrico Rava que, francament, a en Gerard no li va fer ni fred ni calor. Ara, el local i l'ambient el van impactar. Per un moment es va imaginar l'avi i els seus amics allà, i llavors va entendre que en Ricard Costa havia estat un modern.

Quan li va demanar si coneixia algú d'aquella època que fos viu, en Pere s'ho va rumiar. Fins i tot es va treure el barret per fer que les idees fluïssin millor. Va fer un glop de cervesa i va dir:

—Home sí, n'hi ha uns quants. No sé si en Francesc Burrull i en Ricard Miralles, que llavors era força jovenet, van conèixer personalment el teu avi, però en Juan Taulats segur que sí. Sé que viu en una residència, però no sé on.

La resta no va ser gaire difícil, perquè la mare treballa a la Generalitat i té una amiga al Departament de Treball que li va passar el nom de la residència on en Taulats consumeix les darreres alenades de vida.

***

Proveït d'una lupa que li ha deixat el pare, en Gerard s'instal·la a la taula de la seva habitació, acosta el llum de taula, i obre amb una cura enorme les esgrogueïdes i eixarreïdes pàgines de la llibreta on el seu avi va prendre notes en forma de diari durant uns anys, fins que es van interrompre sense cap motiu aparent. Fa un glop a la tassa de cafè i comença a llegir a poc a poc. No és gens fàcil entendre aquell garbuix.

Al vespre té els ulls cansats i enrogits per l'esforç de llegir els papers gastats, i un parell de fulls amb anotacions sobre el que ha anat descobrint. Però el que el sorprèn més és que a cada pàgina descobreix aspectes de la personalitat del Ricard Costa que l'acosten al personatge, que fan créixer dins seu una insòlita estimació per a aquest home a qui no va conèixer mai, però del qual el seu pare diu que ell en serva algun tret temperamental.

La redacció d'aquestes cròniques és pulcra i meditada; hi ha poques errades i ratllades. La majoria d'entrades són comentaris sobre actuacions al Jamboree, al Kit Kat, al Windsord o al Teatre Calderón. I, de tant en tant, hi ha alguna nota de color sobre personatges pintorescos amb qui es troba, l'ambient per la plaça Reial i el carrer d'Escudellers, les noies de la vida, el caràcter i la vida dels músics, algunes nits èpiques de joventut.

A banda de nombrosos noms d'artistes que al noi no li sonen de res, a la llibreta que correspon a l'any 1961 hi troba un comentari elogiós cap a en Juan Taulats. La ressenya li recorda l'article que ell ja havia llegit abans d'anar per primera vegada a la residència.

Dissabte, 21 d'octubre de 1961
Tant amb els Jazz Stars, amb el Tete Montoliu o amb el trio de Julio Sandaran, la Gloria Stewart és la millor veu de jazz que hem escoltat mai a Barcelona. Ho he escrit en algun article, ho he dit a la ràdio i ho repeteixo ara en aquest dietari. Fa uns dies en Joan Rosselló em parlava del projecte de contractar Ella Fitzgerald, tant

de bo la diva canti algun dia a Barcelona, però mentre això no passi, i encara fins i tot per molt de temps després, cap persona que es vulgui considerar un autèntic aficionat al jazz podrà oblidar aquesta veu tendra i amarga, i la seva mirada trista. Avui ha estat bé, com sempre, i això que els dissabtes la clientela del Jamboree sol ser més sorollosa i costa més de gaudir d'un instrument tan delicat com la veu. Però tothom ha aplaudit amb ganes.

Els que anem a escoltar-la procurem seure a les taules més pròximes a l'escenari, i deixem les altres pels que van al club més a fer societat que no per la música. El que passa els dissabtes és que aquests són la majoria: universitaris que juguen a ser d'esquerres, amb llibres de Jean Paul Sartre comprats de sota mà que potser no llegiran mai; pintors i escultors que potser han exposat a Cadaqués, però mai a Barcelona, i força nois i noies del Putxet o Sant Gervasi i fins i tot de Tres Torres, que baixen a la ciutat vella perquè l'halo de perill i misteri d'aquests locals i carrerons s'ha posat de moda entre el jovent benestant. I després hi ha els ianquis i les noies que arrepleguen pel carrer, és clar. A aquests els hem d'estar agraïts, perquè són generosos gastant i ajuden que el club faci caixa i pugui continuar pagant músics tan extraordinaris com en Salvador Font, el Mantequilla, *o la Gloria.*

Els que hi anem per la música solem estar més pelats que una rata, i podem passar tota la nit amb una humil cervesa. En Rosselló i la seva gent ja saben que amb nosaltres no fan ni cinc de calaix, però de fet som una part important de la vida del club, igual que els altres.

També hi ha una colla de personatges d'aire tèrbol que, suposo, són inherents a qualsevol tipus de local nocturn com el Jamboree. De tant en tant s'hi deixa caure algun inspector de la Brigada Antivici i, darrerament, n'hem vist un de la Politicosocial. Però els ensumem d'una hora lluny, i procurem fer bona cara quan ens repassen amb les seves mirades provocadores. Després fan torns els dos o tres carte-

ristes habituals, que se n'estan molt, d'intentar res contra nosaltres; els que venen estrictament per beure de gorra i uns quants músics mediocres, o directament dolents, que busquen una oportunitat. Aquests darrers són especialment pesats amb els que escrivim a les revistes, perquè ens persegueixen tothora per demanar-nos, a vegades per pietat, que en parlem. Reconec que, alguna vegada i si l'ocasió és propícia, n'he esmentat algun: el trompetista Louis Rivers, que d'americà en té tant com jo; el bateria Esteve Roura, que encara parla de jazz band *per referir-se a l'instrument o en Juan Taulats, un clarinetista obscur que hauria de treballar al circ, no en un club d'anomenada. Però encara que siguin molt fluixos, n'he parlat bé perquè crec que és molt difícil millorar si mai ningú no es fixa en el que fas. I sé que, esmentant-los, almenys els que seuen a les taules pròximes a l'escenari han parat atenció al seu art. Jo els tinc estima i soc amic seu, perquè el coratge que mostren sortint de tant en tant a l'escenari s'ha de tenir present. Al cap i a la fi, si faig de crític és perquè mai no he tingut prou valor per aprendre'm bé un tema i demanar de pujar a l'escenari, ni tan sols a altes hores de la matinada d'un dimarts, quan hi ha molt poca gent i la majoria de la clientela, a vegades inclosos els músics, van tan beguts que tampoc no s'adonarien de la meva escassa qualitat com a instrumentista. Però no ho faré mai, i per això respecto tant els que tenen l'audàcia de fer-ho.*

A la llibreta de 1962, a més dels habituals comentaris sobre les actuacions, hi ha dues entrades que en Gerard considera especials i quan torni a visitar-lo a la residència voldria preguntar a en Juan si en sap res. Una és del mes d'octubre, i la considera premonitòria.

Dissabte, 27 d'octubre de 1962
En Tete Montoliu està tocant al Whisky Jazz de Madrid. No sabem quan tornarà al Jamboree, però se'l troba a faltar. Tret dels Jazz

Stars, que són el grup de la casa, la resta de músics que desfilen per l'escenari aquests dies són d'allò més trist i esllanguit. Hi ha saxos que, més que bufar, es desinflen; pianistes que colpegen els teclats en lloc d'acaronar-los i bateries que baten els timbals com si es tractés d'una processó de Divendres Sant. És llàstima, perquè hi ha un ambient de públic com mai. Però què hi farem, a Catalunya encara estem una mica verds en això del swing. A molts músics els costa captar el concepte, la idea, l'aire.

Ahir a la nit, al bar que hi ha damunt del Jamboree, ho vaig discutir amb algun d'ells. N'hi ha que ho entenen, agraeixen la crítica constructiva que procuro fer-los, i s'esforcen a millorar. D'altres m'escridassen i m'engeguen a pastar. Val a dir que, la major part d'aquests darrers, l'endemà demanen disculpes: massa alcohol, o marihuana o la combinació d'ambdues coses. I n'hi ha que et fan vores per sempre oblidant que més d'una vegada els he intentat ajudar parlant bé d'ells d'una manera potser massa vehement, què hi farem.

No sé què passa, però darrerament noto més tensió de l'habitual a la plaça. No és que hi hagi més baralles ni crits, ja n'hi ha sempre. És que la gent s'excita amb més avidesa, salta per res, de seguida es claven empentes, treuen els punys, apareix una navalla de no se sap on. Els de la secreta han d'intervenir de tant en tant. Per mi que deu ser cosa de la malenconia tardoral. El mateix que els passa a alguns músics que s'ofenen per res. Ahir mateix en Taulats em va girar la cara en el moment que anava a saludar-lo. Per què? Perquè la setmana passada li vaig dir que no havia estat gens inspirat, aquella nit.

Tenir la pell tan fina no és bo si et dediques a l'art.

I l'altra és l'última entrada que l'avi va fer al seu dietari. Després d'allò no se li coneixen més escrits. En Gerard sap que l'endemà el van detenir, que es va passar una setmana a la comissaria i que el van deixar anar sense càrrecs. I que al cap d'unes setmanes va emmalaltir.

Què va passar aquella nit, realment? Per què van detenir en Ricard Costa? Per què havia d'anar amb compte? En Juan Taulats haurà de respondre a aquestes preguntes.

Divendres, 23 de novembre de 1962

*Feia setmanes que es veia a venir, i finalment ha estat avui. A meitat d'un passi, no devien ser ni les deu de la nit, una riuada de grisos han irromput al Jamboree. Han baixat les escales al galop armats fins a les dents amb fusells i pistoles i han començat a detenir a tothom que se'ls posava al davant. S'han emportat tots els estrangers, la Gloria Stewart la primera. Sense demanar que s'aturés la música ni res, dos policies han pujat a l'escenari, li han arrabassat el micròfon de males maneres a mitja cançó, l'han engrapada pels braços i se l'han endut gairebé sense que li toquessin els peus a terra. Al bar de dalt han detingut en Jack Hand, que n'*és *l'encarregat, i un negre alt i gros que fa de cambrer. Ha estat terrible.*

Ara són quarts de quatre de la matinada, i escric això de casa estant i amb una til·la al costat de la llibreta. Encara em tremola la mà dels nervis. Crec que estic lliure per casualitat: en el moment que han començat a entrar els grisos jo sortia del lavabo. Llavors ha passat corrents en Louis Rivers i m'ha clavat una empenta que m'ha enviat contra la paret del fons de la latrina. L'únic que m'ha dit és: «amaga't!» i, sense que sabés què passava, he obeït l'ordre. Per a mi que la pudor de la comuna els ha frenat, i no l'han escorcollada.

Es veia a venir, la tensió de les últimes setmanes era tot un presagi. Devien buscar droga, o estrangers indocumentats o simplement volien fer neteja de xoriços i lladregots, de tant en tant ja ho fan. Però mai no havia vist tants policies, mai no havien actuat amb tanta violència i tan armats, i mai no s'havien emportat un artis-

ta de l'escenari. Això és una agressió en tota regla. Ja veurem què en diuen els diaris. Si és que en diuen alguna cosa.

Vint minuts després, en Rivers ha picat a la porta de la cagadora on m'havia amagat i m'ha dit que ja podia sortir, que havien marxat: «si és que no t'has desmaiat de pestilència», ha fet broma. N'hi ha que estan de conya fins i tot en els funerals, però és que realment tot jo feia pudor de merda. Li he agraït l'empenta salvadora i hem anat a veure en Rosselló, que seia, abatut, en una cadira darrere de la barra. Amb la mirada vagant damunt del desastre de taules abocades, gots i cendrers per terra, abrics abandonats i clients atacats dels nervis, l'amo del club no deia res, i nosaltres tampoc sabíem què dir-li. Al cap d'un minut que hem passat contemplant-nos mútuament en silenci, com si intentéssim pair aquell daltabaix, l'home ha alçat el braç en direcció a la lleixa de les ampolles, i ha dit que ens servíssim tot el whisky que volguéssim. «Això és el final», ha mussitat.

En Rivers ha agafat una tauleta i dues cadires de terra i ens hi hem assegut a beure per beure, sense set i sense esma de res, ni d'emborratxar-nos. Devíem semblar dos pallassos patètics. Hem estat una estona en silenci, concentrats en els nostres gots, com si en el pòsit hi hagués escrit el futur. Després en Louis s'ha aixecat, s'ha estirat l'americana i m'ha dit: «Vigila amb el teu amic Taulats». Després ha afegit: «i no em diguis mai més Rivers perquè no tornaré mai més a posar els peus al Jamboree ni a tocar la trompeta. Em dic Graupera i treballo a la Diputació». I, sense dir res més, s'ha aixecat i ha marxat escales amunt cap cot i amb les espatlles caigudes. Cinc minuts més tard jo he fet el mateix.

La sala del Jamboree, amb tots els llums encesos i sense música és estranya, lletja fins i tot. Però jo sí que hi penso tornar. No ens faran callar així com així. Demà miraré d'esbrinar què ha passat, a qui buscaven, a qui han detingut i què volia dir en Rivers amb allò de vigilar en Taulats.

***

Aquí s'acaba la història d'en Ricard Costa. Després hi ha un blanc, com si algú hagués arrencat un grapat de pàgines d'aquelles llibretes grogoses. Després, l'hagiografia familiar passa a l'atac de feridura que li va provocar una lesió irreversible en una part del cervell: dotze anys sense parlar, només remugant, bellugant una sola mà, movent-se amb un caminador i arrossegant una cama. Però amb el cap ben clar i enrabiat amb els seus; derrotat per la seva impotència i per la depauperació d'una família que es va recloure en l'autocompassió com a fórmula per expiar els pecats que, sense gosar dir-ho mai, li van atribuir.

A casa, ningú no li ha explicat ben bé com va anar tot allò. La detenció i posterior malaltia de l'avi és un tabú, un misteri insondable que, si es destapés, portaria la nissaga a la calamitat definitiva. Però quan tanca les llibretes, que potser ningú no ha llegit abans, entén que el que va acabar matant l'avi no va ser un ictus, sinó la mesquinesa. I allò l'indigna, i sent que creix una ràbia, estèril en aparença, dins seu.

Mai no n'ha sentit a parlar, del que li va passar en realitat a l'avi, d'acord, però ell tampoc no ha gosat preguntar més del compte. Això el fa encobridor? Aquells eren temps de silenci obligat, li han insinuat en més d'una ocasió. Sí, ja ho sap, alguna cosa ha estudiat a història. Però dins de casa també calia viure com en un convent de clausura?

Fos com fos, les desgràcies es passaven en soledat, com si el mutisme curés les ferides. Els adults no treien els infortunis familiars a la conversa, i els joves i els nens mai no havien de fer preguntes. L'àvia no en va parlar mai, el pare i els seus germans tampoc, i la zona fosca de la família es va anar dissolent en el dia a dia gris i decadent fins que es va convertir en una escudella llardosa.

En aquell temps la gent estudiava poc, treballava en dues o tres feines, es casava d'inèrcia, comprava televisors, neveres i Seat 600 firmant muntanyes de lletres, vivia amb els pares en pisos foscos, el diumenge sortien a esbargir-se a Castelldefels o a la Garriga i a la tarda escoltaven *Carrusel Deportivo* a la cadena SER. Ningú no esperava res més de la vida, ni millor ni pitjor. Era un passar per no quedar, i les coses tèrboles no es remenaven perquè tampoc no servia de res.

Per mor de la seva malaltia, tothom feia veure que se l'estimava, però tot i estar impedit, la forta personalitat de l'avi era una nosa per a aquella quietud de canyet. En el fons era un parent díscol que va acabar trobant el final que s'havia buscat; algú amb un capteniment que obligava a passar pàgina per poder continuar amb la infeliç i indolent existència.

A mesura que avançaven els seixanta, el règim s'anava consolidant en la ment i les espatlles fatigades de la gent. Aquells que algun dia, de joves, havien pensat que calia fer alguna cosa per posar fi a la calamitat que presidia la història, van acabar acostumant-se a ser uns miserables, que és la pitjor de les complicitats que es pot tenir amb una dictadura d'assassins disfressats de militars, jutges i capellans. I així va anar passant la vida comuna, fins que el criminal la va dinyar al llit, de vell, i les famílies de classe mitjana, com la d'en Gerard, van semblar que es despertaven del dolç i narcòtic sopor en què s'havien conformat de pasturar durant dècades. En Ricard Costa havia mort uns mesos abans.

No té gana de sopar, i no parla gaire amb els pares. Estan concentrats mirant una sèrie d'infinites temporades que ell no suporta. Millor no molestar-los. Fa bona nit amb la mà i se'n torna a la cambra. Aquesta família, pensa, ha passat de l'atordiment del franquisme a la idiotesa de la modernitat. S'enganxa els auriculars i es posa Massive Attack.

Envia un missatge a la Clara dient-li que ja ha acabat de llegir els dietaris de l'avi: «molt millors i aclaridors del que em pensava», sentencia. Queden en ferm per anar junts diumenge a la residència. Escriu un altre missatge al Manolo confirmant-li que serà allà cap a les 12, i li diu que hi anirà amb una amiga. El zelador li respon que d'acord i li fa una brometa estúpida amb una emoticona.

Li costa molt dormir. Sent una ràbia que va creixent dins seu per tants anys de silenci i per la injustícia que va patir l'avi, i s'adona que no podrà descansar fins que no l'hagi apaivagada. I ordeix un pla.

El fill

Quan l'inspector Jesualdo López va haver acabat de llegir les declaracions dels detinguts se'l veia amb una satisfacció perversa. Va trucar al comissari i li va demanar autorització per fer una batuda al Jamboree. Allà trobarien el que buscaven, «i uns quants passerells més, probablement», va afegir.

A les 21.30 h del divendres 23 de novembre l'operatiu estava a punt. Al carrer Tomàs Mieres hi havia tres furgonetes amb vuit agents a cadascuna amb el motor al ralentí. En López donava les últimes instruccions a l'Antúnez i en Margarito.

—Que detinguin a tots els estrangers i que els portin aquí. Després nosaltres tres ja ens encarregarem personalment de veure qui és gra i qui és palla. I si, de passada, enxampeu algun dels lladregots habituals, un camell o algun borratxo que dona la llauna, també el trinqueu. Uns quants dies al colomar sempre els va bé, a aquests.

—Què fem amb els nostres confidents? —pregunta en Margarito.

—D'entrada ni cas. Ara bé, si necessiteu informació, saber algun nom o bé on es poden amagar els que busquem, els ho pregunteu o els demaneu que us hi portin, si cal. Si els descobreixen i els atonyinen ja s'apanyaran. És molt lleig, ser un xivato.

—Actuem amb contundència?

—Collons, Antúnez, som la policia, no?

Vint minuts després, les tres furgonetes DKW de la policia armada, precedides per un Fiat 1800 negre on anaven els tres inspectors de la Brigada d'Investigació Criminal, van irrompre a la plaça Reial pel carrer de Colom. Van aturar-se en semicercle davant la porta del Jamboree i en van començar a baixar a la puta carrera agents armats amb pistoles Astra i fusells Cetme. Sense demanar permís ni presentar-se, els policies van entrar al club al trot mentre la Gloria cantava «Lady sings the blues», un clàssic de Billie Holiday. Fins i tot als borratxos els va passar la turca de cop en veure el desplegament.

—Tothom quiet al seu lloc —va cridar en López, sorprès per la gravetat del seu propi to de veu.

—El bar queda clausurat fins a nova ordre, bufona —va indicar l'Antúnez a una noia que acabava de recollir un cubalibre a la barra.

—Escorcolleu-ho tot —va vociferar el cap de l'operatiu.

I, com els escolars quan els deixen sortir a jugar al pati, els policies es van escampar per tota la sala, satisfets de poder dedicar-se a fons al que hi havien anat a fer.

El local va quedar potes enlaire en un instant. Taules i cadires van anar per terra, els gots i les ampolles van volar i, a punta de fusell, van arraconar contra la paret l'atemorida clientela. Al crit de «documentació», tothom va treure passaports i carnets d'identitat, i immediatament van separar els estrangers dels nacionals. Els mariners americans van ser evacuats per la seva policia militar, i els altres forasters van anar pujant a les furgonetes, a empentes. La Gloria Stewart i en Jack Hand, també.

La resta del públic va ser dividit en grups. Els que anaven

ben vestits o, segons criteri de l'Antúnez, feien cara de bones persones (és a dir, estaven morts de por) els van deixar lliures ordenant-los que tornessin immediatament a casa i no diguessin res si no volien tenir problemes. Els altres, en fila contra la paret del fons, van ser sotmesos a cribratge. Així van pescar dos carteristes coneguts, un estafador en cerca i captura i un grup d'estudiants.

—Els de la Politicosocial ja us aclariran les idees —va amenaçar-los.

Algú va assenyalar els universitaris a l'inspector, i després va buscar nerviosament amb la mirada per tot el local, com si se li n'hagués escapat un altre. Amagat en un recambró que poca gent coneixia, en Louis Rivers veia les evolucions de la policia seguint les instruccions del delator a través d'una escletxa de la porta.

Al cap d'un quart d'hora, la plaça va quedar buida i en silenci. Fins i tot els gats havien desaparegut, esporuguits. Els locals dels voltants també van tancar. La policia no hi va entrar, però algú els va suggerir que, aquella nit, la festa s'havia acabat. Els rètols lluminosos es van apagar, la llum malaltissa dels fanals gaudinians va tenyir l'espai i els escombriaires van ocupar les seves posicions al carrer. Van calar foc als seus Celtas, van agafar cabassos i escombres i es van posar a la feina sense gosar aixecar la vista de les rajoles del terra.

A la plaça Reial, aquella nit, les ombres que habitaven les hores petites no adoraven les muses: les mataven.

***

En Harold Stewart, fill de la cantant, era un xicot força alt per tenir setze anys. A vegades ajudava en Jack Hand a la barra del Blue Note, que era com es deia el bar que va obrir al pis superior del Jamboree després de tornar d'Eivissa. Però aquella nit es va quedar a la pensió amb la seva germana, que estava refredada.

Mig endormiscat, un estrèpit de llums i sirenes el va sobresaltar. Mirant per la finestra de l'habitació va veure que la policia ocupava la plaça i entrava al Jamboree, i es va quedar de pedra. Mai no havia vist tanta gent armada. Espantat, va esperar que hagués passat tot sense deixar de mirar pels vidres, i després va baixar al carrer. Es va trobar en Joan Rosselló que tancava la porta del club. L'empresari es va mirar el noi i, abatut, li va comunicar que havien detingut la seva mare.

—Però... de què l'acusen?

—A la policia d'aquest país no li cal cap acusació per detenir algú, no ho sabies? Au, ves a dormir que és tard.

—Però no puc permetre que la meva mare passi la nit al calabós si no ha fet res.

—Fes-me cas, Harold. Ara puja a la pensió, procura descansar i demà ja anirem a la comissaria a veure què els volen. No deu ser res greu.

En Harold va tornar cap a casa poc convençut i no va aclucar l'ull en tota la nit, és clar. Va trucar a la porta de l'habitació on en Jack Hand vivia amb la Nancy i la Joan, però allà no hi havia ningú. Tot era molt estrany.

L'endemà, uns minuts després de la una del migdia, l'empresari del Jamboree esperava el noi a la porta de la pensió, que era paret amb paret amb el club. A ell se'l veia tan cansat i desanimat com la nit abans. En Harold tampoc no estava gaire fresc, però no feia tan mala cara; ja se sap que els joves ho aguanten tot. En Rosselló li va proposar de fer un bon àpat a l'Ambos Mundos, però cap dels dos no tenia ni gota de gana.

—A veure. No pateixis, ta mare està bé, no li han fet cap mal i, segons em diu el meu advocat, no l'acusen de res greu. Segur que en un parell de dies la deixaran anar.

—Llavors, si no ha fet res dolent per què la tenen detinguda?

—Es veu que, sense que ella en sabés res, algú la va ficar en un embolic. M'explico. Tu coneixes un tal Jimmy Wagner? Un jove americà que potser va venir un dia d'aquests a veure la mare?

—Em sembla que sé de qui parles. Fa uns dies, no gaires, una setmana o poc més, un paio va trucar a la nostra habitació i vaig obrir jo. Em va dir que es deia James i que venia d'Eivissa, i em va donar una carta per a la mare de part de l'Stephen Johnston. El recordes, tu, l'Stephen?

—I tant que sí, un amb barba. Crec que era americà, també. El vaig tenir un parell de mesos treballant al Jamboree, de cambrer, fins que un bon dia va desaparèixer sense donar explicacions. No em vaig preocupar gens perquè n'hi ha molts que ho fan. Deia que era escriptor, però mai no li vaig veure un llibre entre les mans.

—Doncs era aquest mateix. Fa uns anys, abans que jo anés a escola, m'havia fet classes d'anglès. Era un bon noi, molt tranquil, amb una veu suau. Tenia una nòvia d'aquí, no recordo com es deia, però sí que era menuda, amb uns ulls vius i grans i força guapa. Tot el dia corrien per la plaça —explica el noi.

—Això no ho sabia —reconeix l'empresari del Jamboree—. Tu hi vas arribar a parlar, amb aquest tal Jimmy?

—Sí, bé, dues frases. Em va donar la carta per a la mare i em va dir si el podia ajudar perquè li abonessin una bombona de càmping gas. Vaig anar a la ferreteria del carrer Unió, els vaig lliurar la bombona, em van donar dues-centes pessetes i, en tornar a la pensió, els hi vaig donar a ell. Després va marxar i no l'he tornat a veure mai més. Què li ha passat?

—Tu el vas veure bé? Vull dir, feia bona cara, era un home tranquil?

En Harold va rebuscar en la memòria. Mirava a l'infinit de la plaça, tranquil·la encara en aquella hora, mentre intentava recuperar la silueta del tal Jimmy d'entre els rostres dels transeünts.

—Home, ara que m'ho preguntes, a mi em va fer l'efecte que estava molt nerviós en tot moment, però no en vaig fer gaire cas. Que n'ha fet alguna i ara vol implicar la mare?

—Alguna cosa ha fet, no sé exactament què, perquè la policia no l'hi ha volgut dir a l'advocat, però el busquen per terra, mar i aire.

—Però què hi té a veure l'Stephen, en tot això?

—Es veu que es van fer amics a Eivissa i, com que en Jimmy no parla ni una paraula de castellà, quan va dir que venia a Barcelona l'Stephen li va fer una carta dirigida a ta mare i a en Jack on deia que era un bon amic seu, i que l'ajudessin si ho necessitava.

—I per què van fer aquella batuda tan bèstia anit?

—Es van pensar que en Jimmy era al Jamboree. Amb el número que van muntar, el deuen buscar per alguna cosa molt greu —va sentenciar en Rosselló—. En total hi va haver vint-i-cinc detinguts.

—I el local ha quedat malmès?

—No sé pas quan el tornaré a obrir. Primer perquè caldrà fer-hi moltes reparacions, i després perquè segur que em caurà una multa o un tancament per ordre governativa. Ja ho veurem, miraré de moure certes coneixences. Però ara això és el de menys, el que compta és que ta mare surti ben aviat.

—I en Jack?

—No en sé res, ni d'ell ni de la Nancy.

—La Nancy també l'han detinguda?

—Aquest matí, quan ha anat a comissaria a preguntar per en Jack.

Els dos van estar en silenci una bona estona. Les imatges de la nit anterior els provocaven un nus a l'estómac. La idea que el Jamboree tanqués els ocasionava una pena enorme. Sense ser parents ni de lluny, l'empresari i el fill de la cantant eren gairebé com de la família, i el Jamboree era la seva casa pairal. Hi havia vertigen en aquell silenci, un senyal que una època podia estar-se acabant. Per això en Rosselló va cridar el cambrer i va demanar una ració de gambes a la planxa. Vulguis que no, les penes, si estan ben alimentades, passen millor.

***

La premsa més conservadora i afecta al règim feia temps que anava fent campanya contra els locals de la plaça Reial. Segons alguns diaris de la ciutat, l'aurèola de llibertat i cosmopolitisme que proporcionava el jazz i l'ambient artístic i intel·lectual del barri eren els culpables de la relaxació de la moral i els costums dels joves que, en llocs com aquells, s'esgarriaven amb drogues, alcohol i idees falsament lliberals. Per a aquestes capçaleres, que gaudien de bones vendes, locals com el Jamboree, autèntics antres de perdició plens de drogoaddictes i mafiosos, eren els responsables dels constants desordres públics que hi havia a la zona.

Solidaridad Nacional i *El Noticiero Universal* van construir un relat tendenciós i sensacionalista que, convenientment farcit de mentides, va contribuir a criminalitzar la música, els músics i els clubs. I molts lectors de bona fe se'ls van creure.

La *Soli* (com l'anomenava la gent) deia:

> He aquí un suceso, como una página de novela de la juventud perdida, que ha tenido por escenario la calle Aragón. Una página triste, sobre la que vuelan notas estridentes de jazz y sobre la que ha caído una tremenda mancha de sangre.

Però el *Ciero* (nom també popular) va anar més enllà en la seva campanya d'intoxicació de l'opinió pública, i es va inventar un suposat «Crim dels existencialistes». En una ciutat on poca gent sabia què era l'existencialisme, i els diaris no parlaven mai de Jean Paul Sartre, que llavors estava al zenit de la seva popularitat arreu d'Europa, el nom va fer fortuna.

> Barcelona, como todas las grandes ciudades europeas, disfruta de grupos a los que pudiéramos llamar existencialistas, aunque muchos de ellos desconozcan de qué filosofía se trata. Son jóvenes sin objetivos, lectores de una literatura sin piedad ni ternura, asistentes a ciertos restaurantes y cavas donde las limonadas de Sartre se cambiaron por el vino tinto y las conversaciones de Faulkner las corta el estridente ruido de un tocadiscos con una placa de jazz... A este universo pertenecía una bella mujer, Pilar Alfaro, uniformada según los módulos de esta generación perdida: medias negras, jersey, amplia falda acampanada; bajo el brazo, un libro o una revista extranjera... Este vestuario y su afición a la lectura le daban un aspecto supuestamente intelectual.
>
> El crimen fue obra de un gang existencialista dirigido por Jack Hand, músico que había actuado en el Jamboree y que,

> últimamente, trabajaba como encargado en el bar Blue Note. Jack estaba fichado por tráfico de marihuana, era, al parecer, el jefe del gang al que temen todos, y ante el que no se atreven a hablar mucho, por temor a un posterior ajuste de cuentas. A este gang pertenecen personas de extraña conducta. Y a ellas se ha unido, por diversas causas, la cantante Gloria Stewart.

La revista *Por qué*, «semanario nacional de sucesos y actualidades», publicava a tota portada una foto de primer pla de la Pilar amb aquest titular: «Pilar Alfaro fue la inductora». A l'interior, el tema es tractava a les pàgines centrals amb una gran fotografia de la Pilar Alfaro en una platja, i un titular on se la qualificava de xantatgista. A l'Espanya de l'època la presumpció de culpabilitat ja era una pràctica habitual en certa premsa.

La novieta

Aquest febrer avança la primavera, i al Manolo els ulls li van a l'escot de la noia de manera involuntària. Fan les presentacions, els fa passar a la saleta i va a buscar en Juan.

El vell fa més mala cara que el primer dia que en Gerard el va veure. Cargolat sobre si mateix en la cadira de rodes que el zelador empeny d'esma, se'l veu consumit com una espelma. Té tota la pell esqueixada i de color de cera bruta, el rostre apagat sense remei, i el batí que amaga aquella pelleringa estripada està més llardós que mai. Tot i que en Gerard l'ha advertida, la Clara queda impactada amb l'aspecte tan demacrat d'en Juan. Però aviat intueix que, darrere la còrpora derrotada, encara s'hi endevina una espurna de vida. Aquest decaïment no és el darrer centelleig d'un moribund, ca. A la noia li fa l'efecte que, darrere els seus ulls apagats, hi veu la guspira d'alguna mena d'odi antic i mal curat, d'una revenja, d'una història enterrada pel pes dels anys que, inexorablement, és a punt de desvelar-se amb conseqüències definitives. Però no diu res, ella és allà de convidada. El vell sí que parla.

—Qui és aquesta mocosa?

—Hola, em dic Clara —respon la noia somrient per evitar caure en la provocació.

Li allarga la mà, però l'home manté els braços inerts damunt la falda. Se la mira de dalt a baix, i després es mira en Gerard.

—Sou tots dos uns nyicris, feu bona parella.

—Au, va, Juan, fes el favor de ser amable, t'han vingut a veure tots dos —intervé el zelador.

—Han vingut perquè els ho deus haver demanat tu. Et penses que em mamo el dit o què? Per mi ja poden tocar el dos ara mateix. A aquest marrec ja li vaig dir fa dies que no el volia tornar a veure.

Però en Gerard no s'aixeca de la cadira com el darrer diumenge que hi havia anat. Ara té unes quantes preguntes concretes a fer, i no pensa marxar d'aquella sala, que cada vegada que la veu li sembla més la sala de vetlla d'un tanatori, sense les respostes que ha vingut a buscar. La compassió per aquell vell xaruc és un tema que l'hi porta fluixa. Allò és cosa d'en Manolo. I l'amabilitat la deixa per a la Clara. Aquest diumenge ell no ha anat allà a fer un acte de caritat ni de solidaritat.

—No t'empipis, Juan. Han vingut perquè els sap greu de la manera com vàreu acabar l'altre dia. Tots sabem que et vas quedar trist, i ells avui són aquí per fer les paus i escoltar una estona més les teves aventures de joventut —diu dolçament i armant-se de paciència en Manolo.

—D'on ho has tret, que em vaig quedar trist? No necessito ningú, jo. Porta'm a la meva habitació. Ara.

En Manolo no mou ni un dit. Els dos nois no saben com posar-s'hi, i el silenci talla l'aire amb ganivet. El trenca algú cantant «Libre», de Nino Bravo, de fons i molt desafinat. La situació és ridícula. La Clara esbossa mig somriure per sortir de l'atzucac.

—Penseu estar-vos tot el matí amb aquesta cara de pal tots tres, perquè si heu d'estar així jo toco el dos —diu.

El vell mou la mà per gratar-se una cama. En Manolo, que fins llavors ha estat dret, seu en una cadira propera. L'únic que no es belluga és en Gerard. Però parla.

—Jo li vull fer una pregunta, a en Juan.

—No estic per preguntes —respon l'home, eixut.

—M'és igual. Parli'm de la nit que els grisos van entrar al Jamboree i van detenir la Gloria Stewart.

Una glopada d'imatges que creia perdudes per sempre transformen el posat del vell. De sobte, un ressort secret fa que aquell cos exànime cobri vida. L'allau li esclata al cervell, i ha d'arrugar el front per posar ordre en el desgavell i fer que les escenes vagin passant d'una en una i es transformin en les anhelades paraules que fa anys que no li surten. Al començament dissimula, però.

—No recordo res, potser no hi era, aquella nit. No sempre m'hi volien. A vegades tocava al Texas, o al Jazz-Colon.

No cal preocupar-se ni tenir pressa, l'està fent entrar en la conversa. Ara és qüestió d'anar-lo empenyent lentament cap al pou dels records, i esperar que s'hi aboqui i trigui a sortir-ne.

—Pensa-hi una mica, Juan —l'anima el zelador—. Són els teus bons temps, ja ho saps.

Mou el braç fent-lo callar. Ara és el seu torn.

—Aquella nit jo era al Glaciar. Tocava amb en Roura i un paio alt i gros que deia que era hongarès i de qui no recordo el nom. Però ja se sap, en aquell temps tots dèiem que érem d'on ens donava la gana. Sí que vaig sentir les sirenes, impossible no sentir aquell soroll estrident. Ens va desconcentrar, vam perdre el swing i vam parar per fer un cigarret. Aquell to que feria els timpans no era la sirena de la policia militar americana, ni de la guàrdia urbana, era un timbre agut, amenaçador, de por. Em vaig acostar als vidres del cafè per mirar a fora, i llavors vaig veure com dos policies treien la Gloria del Jamboree gairebé a coll i la feien entrar dins la furgoneta com si fos un farcell.

—I què va fer? Va anar-la a socórrer? —pregunta en Gerard per fer-lo progressar en el seu relat.

—Tots tres vam deixar els instruments al Glaciar i vam sortir corrents. No sé, vam pensar que potser podríem parlar amb els policies, dir-los que s'equivocaven, que ella era una gran artista, però just en aquell moment la furgoneta s'emportava la Gloria i altres detinguts i, a cara de gos, els grisos van impedir que ens acostéssim a l'entrada del Jamboree. Algú que ho va intentar, potser perquè anava begut, va rebre un cop de porra. I ja us aviso que els cops de porra fan mal i deixen marca.

—I en Ricard Costa, el va veure? —insisteix l'estudiant.

—Sí. Vaig veure com sortia emmanillat i l'obligaven a pujar en un altre furgó. Nosaltres cridàvem per animar-los. Els dèiem que no estaven sols, que faríem el que calgués perquè els deixessin en llibertat. Poca cosa més podíem fer. Quan vam tornar al Glaciar l'encarregat ens va dir que havien de tancar per ordre de la policia. Ja havíem fet dos passis i encara ens en faltava un, però mai no vaig cobrar ni cinc d'aquella desgraciada nit.

—Ja, sempre hi ha qui s'aprofita de les desgràcies dels altres, oi?

El to irònic d'en Gerard despista la Clara. Es gira cap a ell i l'interpel·la amb la mirada. Ell li prem la mà per tranquil·litzar-la. Sap on va, li respon amb una expressió resolta.

—Però per vostè no es va perdre tot, una setmana després el van contractar al Jamboree —insisteix el noi—. He vist un cartell d'aquell dia: dijous 29 de novembre de 1962, uns Jamboree jazz stars d'urgència: el Pocholo, Eduardo García, Vlady Bas, el Mantequilla, Manuel Gas i Juan Taulats.

—Què estàs insinuant, amb això, que em vaig aprofitar de la desgràcia dels altres?

—No, només vull dir que no li van anar malament les coses.

—Jo sempre he treballat com un fill de puta per dos duros, i més d'una i de dues vegades els empresaris m'han estafat, i també he estat sense feina. La vida del músic és així i, si no t'agrada, fes-te banquer com el teu avi. Ell sí que era un espavilat.

—El molestava que treballés en un banc de dia i que al vespre es prengués una copa tot escoltant jazz, i després n'escrivís articles?

—A mi m'importa tres punyetes el que feia el teu avi i el que facis tu.

—Quan va parlar bé de vostè en una revista sí que li va importar. Després, una nit que li va dir que no havia estat fi, li va girar la cara i no li va tornar a parlar mai més, i es va dedicar a desprestigiar-lo dient-ne falsedats. No va anar així?

—Sí, i què?

—Sap què opinava en Ricard Costa de vostè, i mai no ho va publicar per no ferir-lo? —En Gerard treu la llibreta de notes i llegeix—: Que era un clarinetista obscur que hauria de treballar al circ, no en un club d'anomenada.

—Ja suposava que, en el fons, em menyspreava. El teu avi era un puto esnob, i es mereixia el que li va passar.

S'ha d'aguantar una mà amb l'altra. Si no fos perquè és un pobre vell, li clavaria un cop de puny a la cara ara mateix, i quedaria ben descansat.

La Clara i en Manolo, que veuen a venir la tragèdia, intenten posar pau. El zelador diu a en Juan que faci el favor de ser respectuós amb els visitants, i ella exigeix al noi que es comporti. És indigne maltractar una persona tan gran. El noi li clava una llambregada desafiant però calla.

Quan cessa el batibull es fa el silenci absolut a tota la sala. La desena d'avis i parents que són de visita els reprenen amb mirades severes. Se sent una veu que diu: «Els draps bruts que se'ls renti cadascú a casa seva». En Juan i en Gerard es desafien. Són en un carrer sense sortida i no hi ha marxa enrere. Ni els renys dels visitants ni la venerable edat dels interns no seran arguments dissuasius per evitar el desenllaç.

—No m'entabani que no em mamo el dit. Sé perfectament que tot això del Glaciar i que va sortir corrents per veure si podien evitar que se'ls emportessin s'ho està inventant.

—Torna'm a dir mentider i et foto una cara nova.

—Vostè? Però si no s'aguanta els pets.

—Però tinc contactes fora d'aquesta presó que farien la feina.

—Fa anys, segur que tenia amics a Via Laietana, però Franco fa més de quaranta anys que és mort; o està tan gagà que ja no ho recorda?

El gargall, llefiscós i agre, no li arriba a la cara, el vell no té prou força. Li cau damunt dels pantalons. El noi fa un salt enrere de sorpresa, i mira hipnotitzat com regalima la saliva pel camal dels seus texans, però no protesta. En Manolo es mira l'escena aterrit. El vell tus, li ha quedat la gola seca com la moixama que menjava de jove a les tavernes del port. Nota com el record d'aquell gust li torna a la boca. El que donaria ara per una tapa de moixama i un got de bon vi aspre.

—Prou, anem, Juan. Aviat serà hora de dinar i s'ha de rentar i canviar —diu el zelador per sortir airós del tràngol i no armar encara més sarau.

—Ara no vull marxar. La conversa amb aquest galifardeu s'està posant molt interessant.

En Manolo torna a seure i es mira la Clara demanant socors. «Cinc minuts més i prou», resol taxatiu. La noia no sap quina cara fer. No gosa ni mirar en Gerard, que aparentment està tranquil.

—És un puto mentider —dispara sense que el vell s'immuti.

—El teu avi era un neci, xaval. Sempre portava llibres prohibits, i presumia parlant amb francès amb els seus amics. Es pensaven que ningú més no els entenia. Tots criticaven la pau del Generalíssimo, que era l'únic de bo que tenien els pobres, però ells bevien whisky escocès i la resta mata-rates. Eren una colla de pedants. Què vols saber més, nano. Si sé tocar el clarinet? És clar que en sé, te'n puc donar classes, si vols. A tu i a aquesta mena de nòvia que tens encara us puc donar moltes lliçons, de música i de vida. Si no te la deus ni saber follar.

—Juan, prou, prou i prou —crida en Manolo, desesperat.

—Però si estem conversant la mar de bé, oi que sí, nano?

—Sí, sí, deixa'l que continuï, sisplau —diu en Gerard increïblement tranquil—. L'entrevista amb aquest impostor s'està posant interessant.

—Jo t'espero fora. Però recorda que a les dues he de ser a casa —deixa anar de sobte la noia, visiblement molesta.

—No se'n vagi, senyoreta. Que l'he ofesa? Li demano perdó, només soc un vell que repapieja. No marxi, sisplau, les seves tetes m'estan alegrant el dia.

Però la Clara, enrojolada, camina decidida cap a la sortida. En Manolo fa un gest com de deixar-ho córrer, però en Gerard ni se'l mira. Deixa que el vell remugui insults i menyspreus com una vaca. Quan veu que es calma se'l mira fixament i li pregunta:

—Recorda qui era Louis Rivers?

—Per què he de recordar aquest nom?

—Perquè era l'únic al Jamboree que sabia que vostè era un xivato de la policia.

—Això és mentida. D'on ho has tret?

I en Gerard li mostra, de lluny, les llibretes del dietari de l'avi Ricard. Sense mirar-les, el vell mussita: «fill de la gran puta», i es recargola tot ell a la cadira fins a quedar convertit en una massa amorfa rebregada.

—Anem, Manolo, ja en tinc prou.

—No, ara soc jo el que no vull que marxi —crida en Gerard mentre s'eixuga el sipi—. Al meu avi no el van detenir aquella mateixa nit, al Jamboree, com pretén fer-me creure. Aquesta història del Glaciar potser se la creu vostè mateix a còpia de repetir-la, però és mentida, com tot el que m'ha explicat de la seva vida. Ara no el penso deixar marxar fins em digui tot el que sap. Què li va passar al Ricard Costa perquè caigués malalt? Què li van fer els seus amics torturadors de la policia als que vostè feia d'esbirro?

—No en sé res. I no he tingut mai amics a la policia.

—No m'ho crec que no sàpiga res. Els altres dies que hem parlat m'ha insinuat més d'una vegada «allò del mort», «si no hagués estat pel mort». Aquell crim va ser el final de la festa, oi? Què va passar després, què va fer? Parli o li penso amargar fins el darrer minut de la seva puta vida de merda. M'ha entès?

Ell vell ara és una titella de fil, una borrassa desmanegada amb el cap caigut, com si li haguessin tallat el coll. Un sac del qual només en surt un gemec tènue com un fil de seda. Sap que no té escapatòria, i està disposat a jugar les seves cartes fins al final. Els anys passats i els quatre dies de vida que li puguin quedar juguen al seu favor.

—No vulguis córrer tant, nano, a veure si prendràs mal i no acabaràs el treball de l'escola.

***

Dins el cotxe que sa mare els ha deixat per anar a Santa Coloma, la Clara s'eixuga els ulls enrogits. Quan en Gerard pica els vidres perquè li obri, és a punt d'arrencar i deixar-lo allà plantat; però no ho fa. Engega el motor i davalla de Singuerlín buscant la Ronda de Dalt sense dir cap paraula. En Gerard fa una d'aquelles preguntes estúpides que se solen fer en aquests moments:

—Estàs empipada amb mi?

—Sí, i pots donar gràcies que no t'he deixat plantat allà dalt. T'ho mereixies —respon de patacada.

—Per què? Perquè lluito per acostar-me a la veritat sobre la vida i la mort del meu avi, una història que sempre m'ha estat negada per tothom? Em sembla que no saps el que significa això per mi.

—I de què serveix ara, quasi seixanta anys després, saber la veritat del que li va passar al teu avi? Vivia en una dictadura. El van detenir, com a tants, i encara va estar de sort que el van deixar anar. Al cap d'un temps va emmalaltir i al cap de molt més va morir. Punt. Ja està. Tota la teva família ha passat pàgina d'aquell episodi fosc. Miren endavant, de cara al futur. Tothom menys tu, el senyoret que es creu en el dret de remenar la merda del passat sense importar-li el mal que pugui fer als altres, i m'hi impliques a mi i tot.

—Estic a punt de confirmar el que em temia. Estic gairebé segur que va ser en Juan qui va delatar el meu avi, que el van detenir per culpa seva. I saber això, per a mi, és molt important.

—D'acord, ja està. Ara ja saps el que volies. Ja has muntat el número a la residència i has mig matat d'espant aquest vell fastigós i fatxa. Estàs satisfet? Què penses fer, denunciar-lo al Tribunal dels Drets humans? Em sembla que aquest tema ja ha caducat fa dècades. Fas tard.

—No és això. L'únic que pretenc és saber la veritat. Sense això no hi ha memòria, i sense memòria mai no sabré d'on vinc. Vaig acceptar fer aquest treball de la uni perquè vaig pensar que seria una bona oportunitat per descobrir coses. Et vaig explicar la idea, em vas dir que endavant, que podia comptar amb tu, i ara em surts amb aquestes?

—En cap moment em vas dir que la recerca consistiria a assetjar sense pietat un pobre desgraciat que té un peu a l'altre barri. Gairebé l'has acusat de crims conta la humanitat. Aquesta manera de fer no és la teva. No et conec així, violent i acusador. Aquest no és el Gerard que m'agrada, aquesta història t'acabarà posant malalt. Que no ho veus?

La pregunta és retòrica, és clar; queda surant en l'aire, però sacseja l'ànim de l'estudiant. Desvia l'atenció mirant per la finestra el carrusel de cotxes que giren embogits pels viaductes del nus de la Trinitat. Li recorda uns dibuixos animats molt antics d'uns cotxes impossibles que feien curses plenes de paranys i trampes. Com es deien?

Ara li han passat els nervis. A la residència hi ha hagut un moment, quan li ha escopit, que ha pensat que se li abraonaria i l'escanyaria. Ha hagut de fer un esforç inhumà per contenir-se.

Parla amb calma.

—No vols entendre-ho. Vius entre cotó fluix i no vols saber res del món que hi ha a fora. Si tot va bé, soc un noi magnífic. Però quan et demano ajuda, quan realment necessito la teva mà amiga, t'espantes perquè un vell et diu que tens uns pits macos. Toques el dos emmurriada i et refugies al cotxe de la mama. Si la vida et fa por, jo no hi pinto res, aquí. Atura't on puguis que baixo.

La Clara no s'ho fa dir dues vegades, surt de la Ronda de Dalt s'atura a la cantonada de Via Júlia. No hi ha petó, ni mirada conciliadora; a penes un adeu fred, de comiat. És així com en Gerard Costa posa els peus per primera vegada al barri de Verdum. Per sort, descobreix una estació de metro a prop.

L'inspector

En Jesualdo López no era un solter vocacional. Ja li hauria agradat arribar a casa i trobar-se la dona i els nens, i fins i tot un gos. Però al pis del carrer de Múrcia no l'esperava ni un canari. Havia tingut un periquito feia temps, però se li va morir no recordava de què i va decidir no comprar-ne cap més. Li havia agafat afecte, i va estar uns dies d'un humor terrible. Cadascú porta el dol com pot. Però el fotia molt entrar al pis i no sentir cap altre so que el de les seves passes damunt les rajoles del passadís. Ell no era com l'Antúnez, que se n'anava de putes dia sí dia també, i els explicava coses de la feina, com qui parla amb la parenta a la cuina mentre fa el sopar. No, a en López la soledat el fastiguejava, sobretot en dies inacabables i carregats de feina complicada com aquell.

Arribava a casa, deixava les claus, es treia l'abric, seia al sofà, obria una Damm, i no tenia ningú amb qui comentar les vicissituds de la jornada. En alguna ocasió s'havia descobert parlant tot sol. Però l'habitual era adormir-se al sofà, amb la tele espurnejant de neu, hores després que la programació s'hagués acabat.

Aquella nit no es va adormir, es va empassar tota la programació fins que va sortir en Franco i l'himne. Li va fer botifarra. Havien passat massa coses en molt poc temps, i encara n'haurien de passar més l'endemà, per anar bé, i el cap li anava a mil per hora. Anar i tornar d'Eivissa, les detencions, l'escorcoll al Jamboree. Podia dir que tenia el cas pràcticament resolt. Tenia tots els còmplices al sarró, ja havia cursat l'ordre de detenció contra el tal James Bell Wagner, i confiava que cauria aviat. Un estranger que no parlava ni una paraula de castellà no podia passar desapercebut a Barcelona.

Estava fatigat i satisfet, però també intranquil. Tenia els calabossos a rebentar. Demà hauria de dirigir molts interrogatoris. Era conscient que la majoria de detinguts quedarien immediatament en llibertat, i potser algun estranger protestaria al seu consolat i hauria de mostrar-se submís i bon minyó i donar explicacions, una cosa que li feia molta mandra. I després hi havia aquella cantant. Ell no n'havia sentit a parlar mai, però es veu que era força popular i podia ser que tingués contactes al Govern Civil. No volia ni imaginar-se una esbroncada del Matías Vega. Es deia que el governador fins i tot parlava amb els exiliats republicans; per tant, segur que coneixia la Gloria Stewart. Ja es veia a venir l'esbroncada. Encara que la deixés en llibertat sense cap càrrec i li regalessin un ram de flors en agraïment per la visita, allò sortiria a la premsa, la dona faria declaracions a les revistes i es queixaria del tracte. Coi, que es pensava la gent que era una comissaria, el Ritz?

L'operació anava per bon camí, en sis dies gairebé havia resolt un cas del qual, dimarts, semblava impossible trobar-ne el desllorigador. Havien tingut molta sort, sí, però el que importava era l'eficàcia i, fins aquell moment, era absoluta. A partir de demà el cas faria un tomb: o es resoldria igual de ràpid, o s'empantanaria en recerques infructuoses, falses alarmes i escorcolls inútils i ridículs. Si la ciutadania col·laborava, l'assassí no trigaria a caure. Però, i si passaven els dies i no l'enxampaven? No ho volia ni pensar, però sabia que allò li donaria voltes pel cap tota la nit i no aclucaria l'ull. Va obrir una altra Damm i va menjar-se la truita de patates que li havia deixat la interina.

Després es va escarxofar al sofà i es va fer una palla trista i lànguida fullejant una revista que li havia pispat a un mariner de la Navy que duia més whisky al cap que aigua hi havia al mar.

***

Va ser el primer que va veure en arribar al despatx l'endemà: una nota damunt de la taula demanant que es posés en contacte urgentment amb l'inspector Vicente Juan Creix, de la Brigada d'Investigació Social. En López sabia quina mena d'individus eren aquests, sobretot els germans Creix; segur que el motiu de la trucada no era res de bo.

—Home, López, et felicito per la feina d'anit. Ja feia temps que anàvem darrere d'aquest cau de rojos i mariques, i quina sorpresa veure que tu i els teus xicots us heu avançat. Bé, deus tenir bons motius, és clar, un crim és una cosa molt greu, què hi farem. —De tant en tant l'inspector botzinava amb la boca tancada. S'esperava l'atzagaiada d'un moment a l'altre. Aquell to amical era més fals que Judes—. Llàstima que se us van escapar un parell o tres d'elements amb qui a nosaltres ens hauria agradat tenir una conversa. Són subjectes perillosos, saps, propagandistes del comunisme que es dediquen a intoxicar joves estudiants. I, és clar, l'antre que tu vas posar potes enlaire era el lloc perfecte per fer aquestes feines.

—Perdona que t'interrompi, però és que tinc molta feina, avui. Digue'm què puc fer per tu i procuraré ajudar-te.

—Ah, disculpa'm. Doncs res, et dicto uns noms i, si per casualitat els tens a la gàbia, deixa-m'hi parlar personalment uns minuts. Ep, sense prendre-te'ls. Et juro que, quan hagi acabat, estaran en perfecte estat de revista, si no és que me la vulguin fotre. Ja m'entens, oi?

Sabia perfectament què volia dir amb allò: que si el detingut no col·laborava podia acabar amb tres o quatre costelles trencades o, pitjor encara, esclafat al fons del celobert en intentar fugir saltant des d'un tercer pis per la finestra. I tant si l'entenia. Actuaven així, aquests. I això que, dels dos germans, el Vicente jugava a ser el poli bo.

Va revisar la llista de detinguts mentre s'empassava amb dificultats un cafè que removia els budells, i cap dels tres noms no li sonaven. Després va fer passar en Margarito i l'Antúnez i els va explicar com volia els interrogatoris. El primer seria parlar amb els que no es consideraven directament implicats en el cas. Amb sort, algú els podria facilitar involuntàriament pistes, noms, fets i detalls que podrien ajudar a localitzar en Wagner. Quan els haguessin pres declaració a tots els deixarien en llibertat si no descobrien res estrany. Això els ocuparia un dia o dos. Els tocava els pebrots haver de treballar en cap de setmana, però aquesta feina era així. De la Gloria Stewart i en Jack Hand se n'encarregaria ell personalment

—I sobretot, Antonio, vigila que no se t'escapi la mà més del compte.

Però abans de demanar que portessin la Gloria al despatx, va rebre una altra trucada interior. Hi havia algú que preguntava per un detingut.

—És advocat, periodista o familiar?

—Diu que és familiar. Es diu Ricardo Costa i que és parent d'un tal Paul Hamilton, un dels estrangers detinguts ahir a la batuda al club.

De què li sonava aquell nom a l'inspector? Jugava amb el bolígraf que tenia damunt la taula mentre hi rumiava, fins que els ulls li van lliscar pel paper on havia escrit els noms que li havia dictat en Creix. A vegades hi ha persones que tenen el do de la inoportunitat: «fes-lo passar, l'atendrem nosaltres». Ho sentia per ell, però seria la torna: serviria per treure's del damunt la Brigada d'Investigació Social. Un mal de cap menys.

Però, quan va veure entrar la Gloria al despatx, li van passar tots els mals per art de màgia. Mostrava un aspecte cansat i trist, però deixava entreveure una tendresa entre nostàlgica i amarga que captivava. L'inspector es va sentir escarransit i ridícul al seu costat. És clar que l'escriptori ple de paperots, l'arxivador atrotinat i la cadira coixa no ajudaven. Va treure una pila de carpetes de la butaca reservada a unes visites que mai no venien, i li va demanar humilment que s'assegués.

—Gloria Jean Stewart, de 36 anys, natural de Nova York, artista, filla de William i Hallie, amb passaport número Z109.158 expedit pel consolat nord-americà de Barcelona el dia 15 de març d'aquest any. —Un cop llegit el formulari va fer una pausa dramàtica que va aprofitar per mirar-se-la ben mirada, però dissimuladament—. Bon dia, senyora Stewart, soc l'inspector Jesualdo López i porto el cas de l'assassinat del senyor Francisco Rovirosa. Potser ho ha llegit als diaris.

—De què se m'acusa, d'haver-lo matat? Difícil, perquè no sé ni qui era.

—No, no és això. Veurà. Resulta que hem detingut dues persones implicades en el crim, i una d'aquestes l'ha relacionat a vostè amb l'assassí. Coneix Stephen Johnston?

—Sí. És un xicot americà que va fer de cambrer al Jamboree, el local on jo cantava fins que vostès el van assaltar. I què, és ell l'assassí?

—No. Ell era amic del suposat criminal. Com que aquest va venir a Barcelona per tal de cometre l'assassinat, l'Stephen li va fer una nota dirigida a vostè presentant-li i demanant-li si el podia ajudar. Es diu James Bell Wagner. Els coneguts li diuen Jimmy.

Havia vist poques dones negres, però juraria damunt de la Bíblia que cap de tan encisadora com aquella. No li estranyava gens que el públic del Jamboree perdés l'oremus.

—En què el va ajudar?

La Gloria li va explicar que, efectivament, en Jimmy s'havia presentat un dia a la pensió on vivia amb la carta de l'Stephen, que el seu fill l'havia ajudat a recuperar els diners d'una bombona de gas, i que no l'havia tornat a veure mai més.

—La devolució de la bombona ho poden comprovar a la ferreteria del carrer Unió. Lamento no poder-lo ajudar més, però és que no hi ha res més a explicar.

Tot en aquella dona fascinava: la pell, el somriure, la veu melangiosa. L'hauria deixat en llibertat immediatament de bon grat, però era una decisió que corresponia al jutge. Ara bé, si no tancaven el Jamboree, alguna nit l'aniria a escoltar.

***

Per contrast amb la cantant, en Jack Hand era un individu que, fins i tot emmanillat, aconseguia tenir un aspecte sinistre. Es mirava l'inspector de reüll, amb el mentó amunt, i un posat altiu. Es va negar a parlar si no era en presència d'un funcionari del seu consolat i, quan va veure que per aquell camí no aconseguiria res, va desviar la mirada cap a la porta de la sala llòbrega i humida on l'interrogaven, i es va fer el sord una estona. En López es va armar de paciència, fins a cert punt.

—Com pot suposar, tenim altres mètodes més expeditius per fer declarar els detinguts —el va avisar l'inspector—, però no em voldria veure obligat a utilitzar-los amb un artista com vostè.

—Provi-ho —va respondre l'altre desafiant.

—A veure Jack, vostè coneix en James Bell Wagner. Ell el va anar a veure a la pensió on viu vostè i li va donar una carta de presentació escrita per l'Stephen Johnston. Això ho sabem del cert.

—Si ho saben tan bé, per què m'ho pregunta?

—El que vull saber és quina ajuda va prestar vostè a en Wagner.

—El vaig convidar a dinar, li vaig dir que a Barcelona no trobaria feina si no aprenia castellà i ja està.

—Vostè es pensa que em mamo el dit, senyor Hand?

En López es va aixecar d'una revolada i, instintivament, en Jack va fer el gest d'apartar la cara, intentant protegir-se d'un hipotètic cop. Però l'inspector ni se'l va mirar. Va agafar la jaqueta d'una revolada i va sortir. Al passadís, va demanar a l'Antúnez que reprengués ell l'interrogatori.

—Treu-li el que li hagis de treure, però ves amb compte —i li va lliurar un informe.

Una hora i mitja després l'Antonio Antúnez li va deixar una declaració completa firmada per en Hand damunt de la seva taula.

—No ha calgut estovar-lo. Els més fatxendes i insolents són els que s'arruguen més aviat. I ha cantat, vaja si ha cantat.

L'inspector va llançar una mirada pèrfida al seu segon, li va arrabassar els fulls de les mans i va llegir en veu alta, sense saltar-se ni una ratlla i assenyalant-li les faltes d'ortografia.

«John Joseph Hand, àlies Jack, de 38 anys, natural de West Virginia, músic, fill de Hope i Zadora, amb passaport número Z 109.549, expedit pel consolat nord-americà a Barcelona el dia 2 d'agost de 1961, declara el següent: James Bell Wagner, àlies Jimmy, va arribar a Barcelona duent una carta de l'Stephen dirigida a la Gloria Stewart on li demanava que ens presentés. Ella ho va fer i es va desentendre del visitant.»

En López va arquejar les celles, allò ja no quadrava amb la declaració de la cantant. Era una carta, o una a cadascú. Ves a saber, ja s'espavilaria el jutge, ben mirat, no tenia importància. Va continuar.

«Em va explicar que havia desertat de l'exèrcit americà a Berlín, que va travessar Alemanya i França i que, finalment, va anar a Eivissa perquè li havien assegurat que allà trobaria feina; però sense papers ningú no li'n va donar. Era un noi jove i corpulent, i sempre suava i estava molt neguitós. Vaig donar per fet que tothora anava carregat d'amfetamines. Em va explicar que havia conegut l'Stephen casualment i que, quan li va explicar que pensava venir a Barcelona, ell li va parlar de mi i de la Gloria, i li va dir que l'ajudaríem perquè no sabia ni una paraula de castellà.

»El primer que va fer va ser demanar-me una pistola. Jo no en tinc, de pistola, no n'he tingut mai i no sé qui en té; i tampoc no em va explicar per què la volia. Li vaig donar una maça metàl·lica, que era l'únic que vaig poder aconseguir, i es va haver de conformar.

»El dissabte 17 de novembre estava més inquiet i nerviós que mai. Havent dinat em va demanar si el podia acompanyar a fer una gestió i, com que no entro al Blue Note fins a les vuit del vespre, vaig accedir a fer-li el favor. Vam agafar un taxi i llavors em va explicar que pretenia cometre un atracament. Embolicada en paper de diari hi duia la maça. Em va dir que seria molt senzill, que ho havia estudiat bé i que ningú no en sortiria malparat. Em va proposar de fer-lo plegats i de repartir-nos el botí. Jo li vaig dir que estava boig i m'hi vaig negar em rodó. Sempre em vaig negar a col·laborar en l'atracament, que quedi clar.

»Quan vam arribar al carrer d'Aragó vam entrar en un bar, li vaig fer prendre una copa de conyac perquè es calmés, i li vaig preguntar si estava segur de poder-ho fer, perquè anava molt passat. Ell va dir que sí dues o tres vegades seguides, i va insistir a cometre l'assalt junts, i jo m'hi vaig tornar a negar. A canvi li vaig dir que l'esperaria allà. Vaig veure que s'aturava un moment davant la façana d'un edifici, com si no s'acabés de decidir del tot, i després hi va entrar. Crec que faltava un quart per les cinc, més o menys. Jo mirava el carrer des de darrere dels vidres del bar.

»No havien passat ni deu minuts que va sortir corrents. Va aturar un taxi que passava just en aquell moment i va marxar. Jo vaig sortir immediatament cridant-lo, però no em va sentir. Vaig agafar un altre taxi i li vaig demanar si el podia seguir, però ja era massa lluny. Llavors li vaig manar que em deixés a la plaça Reial, que és on visc.

»Quan vaig arribar a la meva pensió ell ja hi era. Els havia explicat a la Gloria i a la Nancy el que havia passat. La Nancy Karen és la dona del meu germà, però viu amb mi perquè en Phil està empresonat a França per tràfic d'estupefaents. Tenia una ferida profunda i llarga de ganivet a la mà dreta, i anava tot ell molt ensangonat. Vaig pensar que, el més urgent, era curar-li la ferida, i el vaig portar a casa d'un practicant que viu a prop. Li vam dir que s'ho havia fet casualment tallant el pa, i no va fer cap pregunta. Amb la mà embenada vam tornar a casa, i la Nancy li va tenyir el cabell de color castany fosc perquè no fos fàcil de reconèixer. Jo li vaig donar roba neta, que li anava una mica estreta, i vam amagar la bruta sota un matalàs.

»El vaig tenir amagat a la meva habitació de la pensió fins dilluns, i a la nit ell i la Joan van marxar a Mallorca en vaixell. La Joan Douglas és la meva xicota. Li vaig donar un paquet amb la roba bruta d'en Jimmy perquè la llencés per la borda, de matinada, a mitja travessia. Després ja no he tornat a saber-ne res.

»Jo soc músic. No soc el cap d'una banda de delinqüents, ni mai n'he pertangut a cap. Treballo des de les vuit del vespre fins a les quatre de la matinada, dissabtes i diumenges inclosos. Si vaig ajudar en Jimmy a curar-se la ferida i a canviar-se de roba ho vaig fer de forma voluntària i per simple humanitat, però mai no he tingut res a veure amb el seu pla d'atracar en Rovirosa.»

—Tot correcte? —va preguntar l'Antúnez al seu cap un cop aquest havia acabat de llegir la declaració d'en Jack Hand.

—Si no féssiu tantes faltes d'ortografia, sí. Cursa una ordre urgent de recerca i captura i parla amb la comissaria de Mallorca i els dones detalls de les declaracions.

***

En Felipe Margarito va interrogar la Nancy Karen Hand. La cunyada d'en Jack tenia 23 anys, era natural de Michigan, filla de Theron i Esther, i declarava ser cambrera de professió. Estava molt agitada, parlava de manera convulsa i preguntava una vegada i una altra pel seu fill petit.

Va declarar que no en sabia res, del crim. La tarda del dia d'autos en Jimmy va aparèixer a la pensió ferit en una mà. Estava molt més nerviós que d'habitud i duia la roba i les sabates tacades de sang. Ella ho va atribuir al tall, tan profund.

Aquell mateix matí la Nancy i en Jimmy havien acordat que, a la tarda, li tenyirien el cabell per evitar que fos reconegut per la policia militar nord-americana si l'aturaven, va suposar. Ella sabia que havia desertat de l'exèrcit, però insistia a afirmar que no va tenir mai coneixement que hagués comès un crim.

—I jo no soc amant d'en Jack —va cridar.

A l'inspector aquell estat nerviós de la noia el tenia mosca, fins que li va demanar que s'arremangués i ho va entendre tot. En Margarito no creia pas en la teoria d'un suposat «gang existencialista», com havien publicat alguns diaris; més aviat tendia a pensar en una colla de desgraciats que no sabien ni el que es feien.

—I els tocarà el rebre, per passerells —li va dir al seu cap.

El practicant que havia atès en Wagner va comparèixer també davant d'en Margarito. Va declarar que, efectivament, el dissabte 17 de novembre a mitja tarda, en Jack Hand, a qui coneixia de vista, va trucar a casa seva demanant ajuda per un amic seu, «que s'havia tallat amb un ganivet a la cuina», va dir textualment. El fet que aquell noi no parlés castellà va dificultar la cura, però la manera com s'havia ferit era creïble, i no va avisar a la policia.

—Quant fa que és punxaculs? —li va preguntar l'inspector.

—Quinze anys.

—I amb tot aquest temps encara no ha après a discernir quan un pacient diu la veritat i quan l'enganya com un xino?

—Ja li he dit que el noi no parlava ni una paraula de castellà, i les explicacions d'en Hand em van semblar lògiques.

Admissible o no, el practicant va passar la nit al calabós, com la resta d'implicats. La corrua d'estrangers detinguts a la batuda van anar sortint de la comissaria al llarg de tota la tarda.

El torturador

Es posa unes Nike air, texans i una dessuadora Abercrombie & Fitch que ja comença a estar velleta, però que és tan còmoda que no se la treu mai. Li diu a la mare que no vindrà a sopar, que ha quedat per fer unes canyes amb uns antics companys de l'institut. Vespreja, i tot i això fa la sensació que l'hivern està definitivament vençut i ja ve de gust sortir a voltar. Però no entra a cap dels bars on queda habitualment amb els amics. L'estudiant, que cada dia que passa fa menys pinta d'empanat, o això es creu ell, agafa el metro, baixa a l'estació de Singuerlín i camina barri amunt en la foscor.

Ha estat donant voltes a aquesta idea des de diumenge a la tarda. Sap que ningú no li farà costat si fracassa, i que el que està disposat a fer d'aquí a uns minuts li pot costar molt car. Però la discussió amb la Clara va ser un senyal: està sol en això. Ningú no vol atendre les seves raons, ni els germans, ni els pares, ni la xicota (o li ha de dir ex, ja?). Llavors, per què escarrassar-se a donar explicacions i crear autojustificacions que no importen a ningú? Si a tots els importa un rave viure en la ignorància, que ho facin; ell no. Aquest vespre espera poder aclarir tots els dubtes per poder passar aquesta pàgina de la seva història i descansar. O no.

A les envistes de la residència s'atura un moment. El cor

potser li va una mica accelerat, però deu ser per la caminada. Se sent ferm, segur. Els dèbils llums del carrer fan més fàcil la feina a les ombres, però gairebé tot l'interior de l'edifici està il·luminat. Si no ho ha calculat malament, els residents deuen estar a punt d'anar a sopar. Llavors s'apagaran molts dels llums de les habitacions, i els finestrals de la planta baixa resplendiran de llum blanca. Aquell serà el seu moment.

Es posa la caputxa de la dessuadora i volta l'edifici per comprovar que té el pas franc. Cap problema. Com cada nit, ningú no s'ha recordat de tancar el petit barri del carrer Galícia. I, encara que fos tancat, és fàcil saltar-lo protegit de les mirades indiscretes pels plàtans del caminal. Fa temps mirant els missatges del mòbil: cap de la Clara, com des de fa tres dies. Bé, les coses són com són.

A l'hora prevista el servei de sopar s'activa. Xivarri a la cuina, llums que s'encenen. La claror i l'obscuritat dibuixen el canvi d'escenari de la vida del centre. Algú apaga la llum de l'habitació de l'extrem nord del tercer pis; és el senyal que indica el moment de passar a l'acció. El grinyol de la tanca en obrir-la el posa en alerta, però el mormoleig de fons de la ciutat que s'escampa als peus del turó el converteix en una nota més de la simfonia metropolitana.

No li costa gens entrar a l'edifici amb una suau empenta a una de les portes que donen al pati del darrere, sovint mal tancades. En penombra, busca les escales del fons del corredor, que ja ha vist les altres vegades que ha vingut, i puja amb cura les tres plantes. Al passadís que mena a les habitacions no se sent res, i ell es mou com un gat.

Para l'orella a la porta de l'habitació 39; no se sent absolutament res. El pom cedeix, el gira lentament i hi entra. El que descobreix no el sorprèn gens. Parets blanques i nues, un armari, un llit estret i una tauleta de nit, tot de fusta barata; una tele penjada a la paret i una taula rodona en un racó amb revistes i un diari de fa dies. Res d'especial tampoc a la cambra de bany. També hi ha una butaca d'escaï encarat a la finestra. «S'hi deu passar el dia», pensa en Gerard. La gira cap a la porta, i s'hi asseu a esperar.

***

Quan, l'endemà de la batuda, en Ricard Costa va anar a la comissaria de policia de Via Laietana per informar-se sobre la situació dels detinguts fent-se passar per un parent de Paul Hamilton, un escocès molt refistolat que treballava a la Bayer i amb qui compartia l'afició pel jazz i el whisky, no s'imaginava que coneixeria el policia de la Brigada d'Investigació Social Vicente Juan Creix en persona. Així que es va presentar, ja va sospitar que d'allà no en sortiria sencer.

Especialitzat en la repressió del catalanisme polític, junt amb el seu germà, Antonio, que es va dedicar més als comunistes potser perquè l'any 1938 va ser detingut i torturat a la txeca del carrer Vallmajor, els dos van dirigir i protagonitzar la repressió ideològica del règim franquista. Però aquells dies l'Antonio era fora, i va ser el petit qui va atendre el crític de jazz. Cinc minuts després, en Ricard estava detingut sense saber-ne el motiu.

—Vostè és comunista, oi? —li va etzibar el policia com a salutació.

—Doncs no. Jo treballo al Banc Popular i també soc crític de jazz.

—Ah, i per això freqüenta aquests tuguris de rojos i marietes.

—Desconec la filiació del públic del Jamboree. Jo només hi vaig per escoltar la música que m'agrada.

A en Ricard tota la pell del cos se li va quedar d'una lluïssor malaltissa i cendrosa, de tan tibada pels nervis com se li va posar. Com havia pogut tenir tan bona fe de creure que podia anar a preguntar per algú i no acabaria essent ell el preguntat. Intentava conservar la calma, però amb aquella bestiota al davant, era impossible. De sobte es va sentir petit, vell, indefens. Tot ell es va posar a tremolar quan el policia va parlar.

—Miri, Costa. En aquesta casa ho sabem tot de tothom, tot. No se'ns escapa res. O sigui que no intenti dissimular res, perquè no cola i no tinc temps per perdre. Tenim una fitxa de vostè ben bonica. Sabem que es fa portar de sota mà llibres prohibits de Jean Paul Sartre, Camus, la puta aquesta de la Beauvoir i altres existencialistes; sabem que en parla amb els seus companyons en les tertúlies que organitzen al Jamboree i altres cataus; sabem que es relaciona amb músics, homosexuals, nòmades i tota mena de carn de tercera a qui nosaltres apliquem la llei de *vagos y maleantes* quan els enxampem, i també sabem que coneix personalment la senyora Gloria Stewart, una negra implicada en un assassinat i que ara mateix està detinguda en aquestes dependències. Un panorama ben galdós, el seu, no troba?

—M'agrada llegir en francès, en vaig estudiar de jove. No ho faig amb la intenció de saltar-me cap llei. Llegir no és delicte —va respondre gairebé quequejant i amb cap esperança de convèncer-lo.

Aquell intent de raonar el va condemnar del tot. La primera hòstia no la va veure ni venir. Va notar un lleu corrent d'aire i, tot d'una, la sang li rajava del nas com si fos la font del Gat.

—No es mofi de mi perquè tinc la paella pel mànec. Vinga, deixem-nos de cortesies de ball de saló. Vull els noms dels que van robar el quadre del *Generalísimo* del Paranimf de la Facultat de Medicina del Clínic el passat febrer. Sé molt bé que vostè és amic d'aquest Manuel Vázquez Montalbán, membre del PSUC. A ell i uns quants indesitjables més ja els hem detingut, però necessitem la resta de noms. O sigui que, canti si no vol que hi torni.

En Ricard Costa no es volia fer l'heroi. El seu drama era que no en sabia res, del que li preguntava el petit dels Creix. I allò va ser la seva perdició. Com tothom a la plaça Reial, havia sentit a parlar de l'acció i de com, en el lloc del rostre del dictador, hi havien posat un ninot penjat, però aquí s'acabava la seva informació. Li ho va repetir mil vegades al policia, però l'altre no s'ho va creure fins que no li va deixar la cara com un mapa, quatre costelles trencades i l'esquena en carn viva.

L'inspector de la Politicosocial era un dels inventors de la història del «gang existencialista» que havien publicat la *Soli* i el *Ciero*, una falsedat que havia fet sort a Barcelona, i no estava disposat a deixar anar així com així un dels membres d'aquella perillosa banda d'agitadors, revolucionaris i sediciosos formada per artistes de mitja pela, escriptorets sense ploma ni firma reconeguda, paios que feien música de negres, meuques separades dels marits, criminals estrangers i estudiants que haurien de fer de paleta, en lloc de seure a les aules d'aquell nucli de rojos en què s'havia convertit la universitat.

No li importava que en Ricard fos un membre insignificant d'aquell suposat contuberni, tal com asseguraven els informes del seu confident infiltrat al club. El que feia mesos que buscava amb desesperació era algú a qui endossar el merder del robatori del quadre. Tant li feia si era un dirigent del PSUC com un universitari o un «ajuntaparaules» de mala mort com aquell empleat de banca. Quan va saber que tenia un d'aquells elements al davant va pensar que li havia tocat la rifa, i que el seu germà estaria orgullós de la feina. Però tres dies després, convençut que aquell infeliç realment no sabia res de res; emprenyat, cansat d'hostiar-lo i amb temes més importants per atendre, el va deixar anar a la carretera de les aigües una nit de lluna nova.

—Això t'ho has fet tu tot sol caminant de nit per la muntanya. Pobre de tu que diguis alguna cosa de mi, perquè vinc a casa teva i et mato davant de la teva dona. M'has entès?

De matinada el van trobar unes monges del convent de Santa Maria de Jerusalem. L'ensurt de descobrir un home mort de fred, amb la cara feta un mapa i la roba feta parracs, en un solitari camí de la muntanya, va ser diví.

***

No són ni les nou i ja sent que els primers residents arrossseguen penosament els peus de tornada a les seves habitacions. Segur que n'hi ha que es queden una estona a fer tertúlia o potser una manilla o un dòmino, però no creu que en Juan Taulats dediqui ni un minut a socialitzar-se.

Ara està tens. Per un moment pensa que l'està cagant, que això només li portarà problemes, i que els joves empanats d'avui en dia no fan aquestes coses, tret de quan fan una partida de videojoc. Però ell ho ha pensat i ho ha decidit: no hi ha marxa enrere. Els avis es desitgen bona nit i van entrant a les seves habitacions. Els bastons, els caminadors i les cadires de rodes s'aparquen fins l'endemà. Se sent soroll d'aixetes i de cisternes, alguna tele també, veus apagades que s'acomiaden. Més d'un potser pensa en si encara hi haurà demà, un altre dia de vida. No se sap mai; ara hi ets, ara no hi ets. La gent viu molts anys i es mor de cop.

Avui en dia és obligatori tenir una vida molt llarga. Morir als 75 anys és una vergonya, una taca en l'expedient familiar: «home, tampoc no era tan gran», es diu. Algú no ha cuidat bé el seu pare o mare o oncle si es mor abans dels 85. Tot plegat és una contradicció estúpida: actualment cal viure molt, sigui com sigui, però no sabem què fer amb els vells, perquè la realitat és que ens fan nosa.

Les administracions es gasten molts diners en centres com aquest on aparcar-los, les famílies destinen el seu patrimoni a pagar residències, i hi ha empresaris amb pocs escrúpols que hi guanyen milions. I tot plegat fa que els avis visquin més, no necessàriament millor, però un dia es moren igual com es va morint tothom des que el món és món. Aquest dia pot ser l'endemà. Els residents que ara van apagant els llums de les seves habitacions ho saben; per això posen èmfasi a acomiadar-se.

Un matí el padrí triga a llevar-se, algú fa broma dient que se li han enganxat els llençols. El criden una vegada, dues, i no respon.

En aquestes coses fins i tot els estudiants empanats hi haurien de rumiar. S'evitarien molts drames juvenils. En Gerard fa temps que hi pensa. Potser és el motiu que l'empeny a buscar la veritat sobre la tragèdia de l'avi, que mai no va poder acabar els seus dies en una residència com aquesta. Per això és aquí, ara, a punt de fotre's en un problema dels grossos.

Serà d'aquí a uns instants, quan el vell hagi obert la porta, encengui el llum i el descobreixi assegut a la seva butaca.

El pom gira.

L'assassí

L'Antonio Antúnez va tenir una bona idea: trucar a la Trasmediterránea i demanar-los el registre de passatgers dels últims viatges del vaixell *Villa de Madrid* amb destinació a Mallorca. I dit i fet: en James Bell Wagner havia viatjat a Palma el dia 21 de novembre a bord d'aquell navili. En López el va felicitar per l'encert i va encarregar bitllets d'avió.

—Quin cas més viatger —va dir en Margarito que, en una setmana, va passar de no haver volat mai a agafar l'avió quatre vegades.

—Pren-te un conyac per tranquil·litzar-te —li va proposar en López.

Però el vol era a les 8 del matí, i l'inspector va considerar que no era seriós anar entonat de bon matí; es faria passar la por a volar per collons. I ho va suportar sense fer escarafalls, com un homenet; ja es podia considerar tot un veterà de l'aviació. En López també el va felicitar.

A la comissaria de Palma els van explicar que havien demanat a la premsa que publiqués una nota amb la descripció detallada del sospitós, i que esperaven que la col·laboració ciutadana donés fruits. En López no ho acabava de veure clar. Cada vegada que havia fet una crida d'aquelles la gent començava a veure delinqüents per tot. Ho feien de bona fe, però l'únic que s'aconseguia era col·lapsar els telèfons, que la policia anés de corcoll uns dies i que no s'acabés de treure'n l'aigua clara. Però allà no era casa seva, i havia de respectar les maneres de fer dels companys mallorquins.

—Només podem esperar fins dilluns a la tarda. Si no tenim pistes clares haurem de tornar a Barcelona i els ho deixarem a les seves mans —li va explicar al comissari.

En López es va excusar per la quantitat de feina que el cas els estava generant, però la veritat era que a la comissaria de Via Laietana no tenien pressupost de dietes per més de dos dies.

—Investigacions amb espardenyes —es queixava sovint l'Antúnez—, com els guàrdies aquests de fireta que fan veure que vigilen les portes de la Diputació provincial.

—Sí, però exigeixen resultats d'Interpol. I no ens queda més remei que arremangar-nos i estar per la feina —va sentenciar el cap—. Si no el podem detenir nosaltres ho faran els companys de Mallorca. I a qui no li agradi ja sap on és la porta. No vull sentir més queixes pel servei.

Ningú no va fer cap més comentari al respecte. En López no tenia mala llet, normalment, però quan en tenia era un temporal.

L'endemà, diumenge, el diari *Baleares*, el de més circulació a les illes, publicava a portada la notícia de la cerca d'un desertor americà que, se suposava, era l'autor d'un crim comès a Barcelona. El diari deia també que hi havia uns quants còmplices que ja havien estat detinguts, i que els autors havien planejat l'assassinat a Eivissa.

Com tot el que es referia a sang i fetge, molta gent va llegir la informació, i va començar a rastrejar l'illa amb avidesa de detectiu i olfacte de ca. En Julio Serra, redactor de successos del *Diario de Ibiza*, també va llegir la notícia que publicaven els col·legues mallorquins, però, en lloc d'afinar la vista per si veia un criminal a l'horitzó, es va estintolar al sofà del seu pis i no es va moure d'allà fins que li va trucar en Paco Ribas, el sotsdirector, encès per l'exclusiva que els havia trepitjat la competència.

—No podem badar amb aquests temes, Julio. Si el crim es va planejar a Eivissa havíem de ser els primers a donar la notícia de la cerca d'aquest individu.

—Perdona, Paco, però estàs tan enfeinat sempre que se t'obliden les coses d'un dia per l'altre. Fa uns dies et vaig demanar de seguir el rastre d'una nota de la poli, que vam publicar, i que parlava de la detenció d'una parella relacionada amb un crim comès a la Península. Em vas concedir un matí i et vaig portar una història pròpia, que potser no era gran cosa, però ens permetia seguir el fil dels fets. Ho recordes?

—Ara que ho dius, potser sí. Però crec que no es va publicar. El censor ens la devia tombar.

—No. Vas ser tu qui la va descartar. Per no molestar el censor, suposo.

A l'altra banda del fil telefònic es va fer un silenci tan espès que es podia mastegar. En Julio reconeixia aquestes pauses dramàtiques del seu sotsdirector: feia temps per trobar la manera de treure's les puces del damunt i, a la vegada, intentar recuperar la història. Ho volia tot, aquell trepa. Quan arribava en aquest punt, el redactor de successos sabia que, si jugava amb habilitat i cortesia, tenia una oportunitat de sortir-se amb la seva. El primer que calia fer era anticipar-se a dir el que en Ribas estava pensant.

—Paco, no pateixis, són coses que passen. Cada dia tens més feina i no pots estar per tot. Si vols, jo demà em poso amb el tema, miro de trucar a algun conegut que tinc a Barcelona i li donem la volta a la història. Ara que la policia el té pràcticament enxampat, la censura no posarà cap pega perquè furguem una mica pel nostre compte. Què et sembla?

—Julio, m'has llegit el pensament. Ets massa bo per a aquest diari.

—I ara.

***

Dos dies abans, en Miquel Vidal, un jove que estudiava per mestre a Palma, es va trobar un amic a la porta de l'escola de magisteri. Era un xicot americà a qui havia conegut uns mesos abans, i que va acollir a casa seva mentre maldava per trobar feina; així practicava l'anglès. Però, per la raó que fos, no en va trobar, i va marxar sense gaires explicacions.

Sorprès per trobar-se'l una altra vegada a Mallorca, l'americà li va explicar que només s'hi estaria un parell de dies, que hi era de passada perquè s'havia enrolat en un iot d'un milionari que salpava de Palma. Com que li va dir que no tenia pensió, en Miquel, un jove educat, de somriure franc i cabell perfectament tallat a navalla, tal com manava l'ordre de l'època, li va oferir d'hostatjar-se de nou a casa seva aquelles dues nits, i l'altre va acceptar l'oferiment de bon grat.

En Miquel va trobar l'americà canviat. El veia trist, taciturn i absent, com si tingués el cap en un altre lloc. Van dormir tots dos a la seva habitació i, com que no va notar res més d'estrany, tret que duia la mà dreta embenada, no va donar més importància al seu decaïment.

Diumenge, en Miquel es va llevar d'hora. Va deixar que l'amic dormís, i va anar a esmorzar amb el seu pare, que era al menjador llegint el diari. Va ser aquest qui el va alertar.

—Mira què diu el diari: «La policia cerca un estranger que du la mà embenada. Se l'acusa d'un assassinat comès a Barcelona». —L'home es va mirar amb posat greu el seu fill—. Vols dir que no és aquest conegut teu? És americà i du la mà embenada, es diu James...

En Miquel es va quedar esfereït. La descripció que donava el diari quadrava del tot. Si era ell, estava en un carreró sense sortida. L'havia de denunciar o havia de ser fidel a l'hospitalitat que li havia ofert i ajudar-lo a amagar-se? Fes el que fes en sortiria malparat, se sentiria traïdor o traït. No sabia què era pitjor. Però, i si algun veí l'havia vist i també en sospitava i trucava a la policia? El pare li va suggerir que anés a la Guàrdia Civil d'Alaró, la caserna més pròxima a casa, i els expliqués el que feia al cas. Ells sabrien com actuar.

En Jimmy encara dormia quan el noi va arribar a la caserna, i el número Montferri, que estava de guàrdia, més o menys també. Però quan en Miquel li va explicar la situació, i l'home es va adonar que estava a punt d'enfrontar-se al cas més important dels seus vint-i-cinc anys al cos, i com a primera mesura es va posar molt nerviós. I com que no sabia què fer, tot seguit va trucar a Palma. Després de cinc llargs minuts esperant que el caporal primer es posés a l'aparell, i d'unes explicacions força embolicades que en Miquel va acabar d'aclarir en directe, els de Palma van decidir que els enviaven immediatament quatre jeeps amb cinc guàrdies cadascun armats amb subfusells d'assalt.

—Vol dir que no en fa un gra massa, caporal? Que vol matar els meus pares de l'ensurt? Li estic parlant d'un home sol amb una mà embenada i desarmat. Ni parlar-ne, de metralladores.

En Romero va reflexionar.

—Em reportaré a la superioritat. Esperin novetats.

El tinent de guàrdia de la comandància de Palma va entendre el problema a la primera, i va dissenyar un operatiu senzill i, això esperava, eficaç. Va donar instruccions molt concretes a en Miquel sobre el que havia de fer.

—Torni a casa, estigui tranquil, i digui-li a aquesta persona que vindrà un amic seu de Palma amb cotxe i aniran a fer una passejada. Vostè no és preocupi, aquest amic serà un sergent del cos.

Quan ja van tenir el pla en marxa van avisar els tres inspectors de la Brigada d'Investigació Criminal de Barcelona, que es van desplaçar al poble de Consell ràpidament, tot i que sabien que la detenció la faria la guàrdia civil.

—I així, per què hem vingut? —va mormolar en Margarito.

—No voldràs que ens enviïn el pollastre facturat com si fos un farcell —el va tallar en López—. Silenci tothom. Amartelleu les armes i esteu ben atents per si hi hem d'intervenir.

Una hora després, un Seat 600 de color gris es va aturar davant de la casa familiar dels Vidal. En va baixar un home jove i barba-serrat que es va presentar a en Jimmy com en Roberto, amic d'en Miquel de quan anaven a l'escola de primària. Els tres xicots van pujar al cotxe. En Miquel anava al darrere i els altres dos al davant. Devia ser la tradicional i tòpica calma illenca, però l'aspirant a mestre no es va posar nerviós. Va pensar que l'experiència potser li seria útil en la seva futura professió.

Van estar voltant pels camins flanquejats per parets de pedra seca de Consell, Binissalem i Santa Maria del Camí. Quan ja feia prop d'una hora que anaven fent tombs, van desembocar a la carretera principal que creuava el centre de Consell. Just on acabaven les cases hi havia un jeep de la guàrdia civil aturat a la dreta de la calçada. Un dels números va ordenar al vehicle que s'aturés.

—Un control rutinari. Deuen estar buscant algun quinqui

—va dir en Roberto, que conduïa, mentre posava l'intermitent i reduïa la velocitat—. Hi ha tants robatoris, per aquí...

Un dels números es va dirigir amb normalitat al conductor demanant-li la documentació, mentre l'altre, amb el dit al gallet, s'acostava a la porta de la dreta, on hi havia en Jimmy. A l'altre costat de la carretera hi havia un cotxe aparcat, aparentment buit.

Al guàrdia del subfusell, el dit li tremolava. Va alliberar el forrellat de l'arma, va picar el vidre amb l'artell demanant que l'abaixés, i va parlar d'una correguda.

—James Bell Wagner, queda detingut. Surti del cotxe mans enlaire.

En Jimmy no va oposar cap resistència. L'altre número i el tinent que s'havia fet passar per l'amic del 600 es van abraonar sobre l'americà, el van tirar a terra i emmanillar. Al 1400 aparcat a l'esquerra de la carretera els tres inspectors van respirar alleugerits tots alhora. Un pagès que passava per allà amb una mula grisa no va entendre què passava però, per si de cas, va colpejar el pobre animal perquè s'afanyés a passar.

Abans de pujar al Jeep, el detingut va clavar una darrera llambregada trista i esmorteïda a en Miquel. L'estudiant de magisteri va veure el gest amb claredat, i va conservar aquesta imatge llangorosa clavada a la ment uns quants dies. Ell també estava abatut. Aquell trist episodi era una derrota personal. Amb la seva filosofia de pagès, el pare havia tornat a tenir raó.

—Alerta amb qui vas, ves en compte amb qui t'ajuntes.

I això, al fill, li dolia molt.

L'endemà els tres inspectors van aterrar a l'aeroport del Prat amb en Jimmy agafat del braç, talment com si fos un trofeu de caça. Els fotògrafs de premsa van deixar constància de les imatges. El detingut duia el cabell curt, caçadora, camisa cordada fins dalt i cara d'estar mort de fred i son. Els tres policies duien ensaïmades. No els calia dir d'on venien.

***

A primera hora del dimarts, en Jesualdo López es va encarregar d'interrogar personalment el principal sospitós. Assegut en una cadira, amb els braços emmanillats al seient, van deixar en Jimmy un parell d'hores tot sol, perquè anés aclarint-se les idees. Després van entrar l'inspector, l'agent encarregat de mecanografiar la declaració i un intèrpret, donat que no entenia ni una paraula de castellà.

—James Bell Wagner, nascut el 22 de setembre de 1941 a Newark (Nova Jersey), fill de William i Bridget, de professió cuiner. El dia 19 d'octubre va desertar de la guarnició de l'exèrcit americà aquarterat a Ludwigsburg, a Alemanya Occidental. Ja ens hem posat en contacte amb la seva unitat per comunicar-los la seva detenció. Però ara expliqui'm com va arribar a Barcelona.

—Jo no tinc res a veure amb aquest crim.

—Jo no li he preguntat això, encara. Li he preguntat com va arribar a Barcelona.

—Ben senzill. Vaig passar a Suïssa, d'allà a França i després a Espanya.

—I com va entrar al nostre país si no té passaport?

—Amb els papers de membre de l'exèrcit americà. No em van ni mirar la cara que feia —va explicar amb to desafiant—. A Barcelona m'hi vaig estar tres dies, i després me'n vaig anar a Mallorca. Al cap d'uns dies vaig tornar a Barcelona i després vaig marxar a Eivissa, perquè m'havien dit que allà hi havia molts americans i que seria fàcil trobar-hi feina. I en tot aquest temps mai cap policia ni autoritat m'ha preguntat res sobre el passaport.

—I a Eivissa va conèixer Stephen Johnston i Pilar Alfaro.

—No sé qui són, aquests.

—Com, que no sap qui són? Ells dos han declarat que el van conèixer a vostè en un bar a Eivissa.

—Doncs jo no els conec a ells.

—Segur que no havia vist mai l'Stephen, un americà amb barba i cabell arrissat, que diu que és escriptor i professor d'anglès? —va intentar en López, a veure si d'un en un i donant detalls, entenia el que li insinuava clarament.

El detingut va moure el cap, negant-ho.

L'inspector va fer portar el guant ensangonat que va abandonar al lloc de l'atracament. Li van posar, i el tall a la fibra casava perfectament amb el tall que tenia a la mà.

—Què me'n diu d'això? Expliqui's.

Es va encongir d'espatlles i d'aquí no el van treure. No va caldre més l'intèrpret perquè es va negar a dir res més en tot el dia. A quarts de vuit, en López va dir que ja en tenia prou. Li hauria clavat un mastegot de bona gana, per fer-li perdre el temps, però se'n va estar.

Tant li feia que declarés o no. Tenia els sis implicats i una setena que estava en camí. Allò era més que un repòquer. Ell ja no hi podia fer més.

Va trucar al Palau de Justícia i va parlar amb l'oficial de guàrdia. El cas va ser adjudicat al jutjat d'Instrucció número 3, del qual era titular Fermín Sanz Villuendas. Li van passar la trucada al magistrat, i el van posar en antecedents.

La bibliotecària

L'escocesa Joan Douglas Bryden, de 22 anys i d'ofici bibliotecària a l'escola parroquial, es va agafar unes vacances l'estiu de 1962 i, com que n'estava farta de dies grisos, de pluja i de senyores que li demanaven novel·les de Jane Austen, va decidir viatjar a Espanya. Li havien dit que en aquell país tenien sol a cabassos, flamenc, toros, sangria i paella i, tot i que no hi entenia de *corridas* ni de castanyoles, i no havia tastat mai la gastronomia local, no va dubtar a fer-hi una llarga estada tot i l'oposició dels pares. Va anar a Madrid, a Sevilla i a València, i al setembre va arribar a Barcelona.

A la ciutat va descobrir que, a més de *tablaos*, també hi havia bars on posaven música i clubs de jazz, i es va convertir en assídua de la plaça Reial i els voltants. Rossa, d'ulls clars i esvelta, no va trigar a ser coneguda per la parròquia masculina del barri, és clar.

A l'edició del dia 2 de desembre, *La Vanguardia* feia un profund panegíric sobre el caràcter moral de la senyoreta Douglas i d'altres joves estrangers com ella. Un toc d'atenció per als pares que tenien filles.

> La nueva encartada es una muchacha de unos veinte años, alta, rubia y de porte delicado, con perfecto talante de estudiar cual-

quier profesión literaria. Su caso personal constituye una dura enseñanza contra los excesos en permitir a jóvenes de poca edad y menos preparación que emprendan viajes y aventuras que, aun empezando con la ambición «de ver mundo», pueden acabar, como aquí, en ver los aspectos menos edificantes del mismo y en gravísimas complicaciones.

Però la Jane era una dona jove d'un país modern on triomfaven els Beatles, i no estava pel pintoresc biaix moral de la societat espanyola. Ella es va fixar en un americà que feia d'encarregat d'un bar que hi havia al pis superior del Jamboree, i que a vegades també tocava el contrabaix al club; era en Jack Hand. Es van fer amants i, a finals d'octubre, la noia es va instal·lar a la mateixa pensió Pros on vivia en Jack, la Nancy, en Phil quan no estava detingut i la Gloria Stewart amb els seus dos fills. Una mica eren com una mena de família.

El divendres que va seguir a la detenció d'en Jimmy, la Guàrdia Civil la va enxampar a Eivissa sense cap mena de dificultat, i la van traslladar amb avió a Barcelona. L'expert en interrogatoris a dones, en Felipe Margarito, la va recollir al Prat i la va conduir directament a Via Laietana. Va haver d'esperar que arribés un funcionari del consolat britànic, que va estar present durant tot l'interrogatori.

—Els juro que no en sabia res, del crim. Quan en Wagner es va canviar de roba jo no era a la pensió.

—Però el seu amant li va donar la roba tacada de sang perquè la llencés al mar.

—Com que jo me n'anava a Eivissa l'endemà, en Jack em va demanar si em podia emportar el farcell i desfer-me'n quan em fos possible. Em va donar el paquet embolicat i em va dir que era roba vella.

—I què en va fer, vostè.

—Era molt difícil llençar-lo al mar des del vaixell sense que em veiessin, o sigui que me'l vaig emportar a casa i allà el vaig obrir.

—I què es va trobar?

—Tot de roba tacada de sang, unes sabates també tacades de sang i una maça metàl·lica.

En Margarito li va ensenyar unes sabates de pell marró amb la sola de goma. Tenien taques de sang eixuta. Li va preguntar si eren aquelles, i la noia va respondre afirmativament.

—Però li juro que jo no en tenia ni idea, que fossin part del delicte. Quan vaig veure la sang, em vaig horroritzar i no em vaig atrevir a tocar res ni a avisar la policia.

No va poder més i va arrencar a plorar desconsoladament. El funcionari del consolat li va deixar un mocador, va ser l'única intervenció que va haver de fer.

***

El dijous, els detinguts van començar a declarar davant del jutge Fermín Sanz Villuendas, encarregat d'instruir la causa. El fiscal del cas va ser Manuel Casado Nieto. Contràriament al que havia fet a comissaria, en James Bell Wagner no va oposar-se a parlar. Va reconèixer que coneixia la Pilar i l'Stephen d'Eivissa, que ella li va parlar de la idea d'atracar en Rovirosa, que després es van fer enrere i que ell va decidir fer tot sol l'assalt. També va explicar que l'Stephen li va donar una carta per a la Gloria, on li demanava que li presentés en Jack, i com li va demanar una pistola: «Però em va dir que no en tenia cap, i em va donar la maça».

Quan va acabar de declarar, en Jimmy va demanar per confessar-se amb un sacerdot catòlic, petició que el jutge va acceptar. Sorprès per l'encàrrec, perquè no pensava que un jove capaç de cometre un crim com aquell fos de missa, l'oficial del jutjat número 3 va trucar al Seminari Teològic de Sant Cugat, que hi va enviar el reverend James P. Halis.

Més tard, van ser la Pilar i el seu nòvio els que van passar a disposició de l'instructor. Tots dos van ratificar el que havien declarat a la policia. Els detinguts van ser enviats a la presó a l'horabaixa, i van quedar ingressats a la zona de preventius de la Model. El jutge i el fiscal estaven fascinats per la rapidesa i l'eficàcia de les investigacions de l'inspector López.

Com que anaven bé de temps, abans d'acabar la jornada encara van escoltar les explicacions del practicant que va atendre en Jimmy. Tot i que va insistir que va actuar professionalment i que va ser enxampat en la seva bona fe, el jutge també va declarar per a ell auto de presó.

L'endemà, divendres, van continuar les diligències. La Nancy Karen va estar molta estona declarant; quan va acabar la van tornar a les cel·les de l'Audiència Provincial.

La Gloria Stewart també havia passat la nit al calabós dels jutjats. Calmada i segura de les seves paraules, va comparèixer davant del jutge per explicar exactament el mateix que havia declarat a la policia: que la seva relació amb el suposat autor del crim s'havia limitat a la carta de l'Stephen i a la bombona buida de càmping gas que el seu fill Harold va anar a descanviar a la ferreteria, un fet que la policia havia comprovat. Mai no se li havia sentit la veu tan amarga, ni la seva mirada havia contingut tanta tristor. El jutge no s'ho va pensar gaire, i una hora després va ser posada en llibertat. També va ser posat en llibertat el practicant.

El dissabte 1 de desembre, el jutge instructor va prendre declaració a Joan Douglas, l'última detinguda, i es va tancar al seu despatx. A darrera hora de la tarda Fermín Sanz va dictar auto de processament i presó sense fiança per a James Bell Wagner, John Joseph Hand, àlies *Jack*, la seva cunyada Nancy Karen Hand, Pilar Alfaro Velasco, el seu nòvio James Stephen Johnston i Joan Douglas Bryden. La instrucció s'havia fet amb un temps rècord, la vista oral ja seria una altra cosa.

El jutge va trucar personalment al governador civil, Matías Vega, per informar-lo de les resolucions que havia pres.

—Tinc la sensació que alguna de les meves decisions no agradarà als de dalt —va dir el jutge.

—Ja sé que haurien preferit veure la cantant al banc dels acusats. Però vostè és el jutge, i les seves decisions són sobiranes. Ha fet el que havia de fer, Sanz. Gràcies per comunicar-m'ho. I no pateixi, li asseguro que ningú no protestarà.

Tothom a Barcelona, els periodistes, la policia, els polítics del règim, els de l'oposició clandestina, els aficionats a la música, les prostitutes, els borratxos i qualsevol que llegís el diari, sabia que el cas de la mort violenta de l'empresari Francisco Rovirosa era l'excusa perfecta per desmantellar aquella estranya illa de tolerància i liberalisme en què s'havia convertit la plaça Reial i els carrerons dels voltants. La gent indolent que l'habitava de nit, joves vestits de manera indecent, amb grenyes i costums antisocials inoculats com un virus per certs estrangers, com deia algun diari, esperonat per les acolorides notes de la policia, eren l'enemic a batre; l'objectiu d'una campanya que, amb el nom de «crim dels existencialistes», va fer fortuna a la Barcelona poruga i pobletana de primers dels seixanta.

Els vaixells de la Sisena Flota, dels quals tant n'havia presumit el franquisme el primer dia que van arribar, havien sigut l'excipient d'una modernitat insòlita i impensable en aquella època. Els mariners americans havien fet córrer diner fresc pel barri Xino. Les noies, les drogues i l'alcohol van ser les mercaderies més preuades, i el jazz el paisatge sonor que aquells nois volien per a les seves hores d'esbarjo, i que els recordava casa seva.

Així va ser com la ciutat havia recuperat la seva antiga tradició jazzística, i molts músics d'arreu hi van fer cap enlluernats per l'atractiu d'una afició potent i entesa. La Gloria Stewart va ser una de les artistes que va arribar a Barcelona atreta per la nova fama liberal, dins del que es podia, i va seduir tothom: els periodistes, la policia, els polítics del règim, els de l'oposició clandestina, els aficionats a la música, les prostitutes, els borratxos i qualsevol que passés una nit per la plaça Reial. Així s'havia convertit en un símbol, i com a tal incomodava.

Ningú no podia pretendre desmantellar aquell Saint Germain de via estreta en què s'havia convertit el cor de la ciutat sense tocar-la a ella, i tocar-la podia ser encara més desavinent. Ni una hipotètica i molt casual relació amb l'autor del crim del carrer d'Aragó no era cap raó convincent; persuadia més la seva veu i la seva mirada. Per això, ningú no es va atrevir a qüestionar la decisió del jutge d'instrucció de deixar-la lliure i sense càrrecs. Però es van buscar altres subterfugis administratius.

El mateix dissabte, l'autoritat governativa va iniciar un expedient d'expulsió d'Espanya de la Gloria Jean Stewart amb l'argument que tenia el permís de residència caducat. Va quedar retinguda temporalment per realitzar els tràmits d'expulsió del país.

Entrevistada per Juan Poch Soler al cap d'uns dies, la cantant es va defensar de totes les acusacions. Que hagués estat posada en llibertat no la va allunyar de les sospites dels sectors socials més ultraconservadors que no volien estrangers que portessin mals costums a la seva ciutat. «Soc amant del meu treball i visc exclusivament per als meus fills», va declarar en un article a pàgina sencera on apareixien fotografiats en Harold i la Deborah, somrients i feliços de créixer a Barcelona, i també una imatge d'ella declarant a la comissaria de Via Laietana davant dels inspectors del Cinquè grup de la Brigada d'Investigació Criminal, com qui es fa una foto amb el club de fans.

Però la jugada, una mica a la desesperada, no va servir per evitar la seva expulsió del país. Al governador civil li va saber greu, però no va poder fer res més per preservar l'honorabilitat de l'artista que admirava. Matías Vega va ser cessat dos dies abans de Nadal, i després de festes el van nomenar ambaixador a Veneçuela.

***

En Joan Rosselló també va moure els seus contactes, que no eren pocs, i va aconseguir que no li tanquessin el Jamboree. Però els mesos següents no va tenir una existència fàcil. La secreta va ocupar els bars i clubs de la plaça Reial. Barrejats entre el públic i amb aspecte fester i desimbolt, buscaven trincar *in fraganti* venedors i compradors de grifa i marihuana, drogues que feia temps que circulaven amb facilitat per l'ambient nocturn de la zona. Els habituals ho sabien, i evitaven creuar cap paraula amb desconeguts per por que fossin policies. Els ingenus que es cargolaven un porro a la vista, queien com mosques.

Molta gent va agafar por d'anar a la plaça Reial. Els locals es buidaven, i la gent s'apartava del jazz. I, a més, la Gloria no hi era.

Per acabar-ho d'espatllar, pels volts de Nadal el Tete Montoliu va comunicar a en Rosselló que se n'anava a tocar al nou Blue Note de Berlín. Les últimes nits del pianista al Jamboree van ser molt emotives. Els vells aficionats, els que li havien donat suport des dels primers temps, i que no havien deixat d'anar a la plaça Reial malgrat la pressió de la policia i la campanya de descrèdit de la premsa més afecta al règim, van omplir cada nit la sala. La gent enyorava la Gloria, i aviat trobarien a faltar el pianista. Sense ells, una època s'esllanguia.

Però l'espectacle havia de continuar. Stuart da Silva va substituir Tete a l'escenari del club, i l'excel·lent Ron Jefferson va ocupar el lloc de Ramon Farran a la bateria. A més, en Rosselló va anunciar la pròxima visita d'una de les grans figures del blues de tots els temps: Memphis Slim. A banda de les vetllades al Jamboree, Slim va tocar a Granollers i va protagonitzar una sessió pletòrica de força a Ràdio Barcelona que va fer embogir l'audiència. Memphis Slim es va estar un mes i mig tocant al Jamboree. A meitats de febrer va ser substituït pel gran trompetista Bill Coleman i, a l'abril, l'aclamat violinista Stéphane Grappelli va tornar a la cava de la plaça.

El crim del carrer d'Aragó estava en mans de la justícia, els implicats a la presó i la Gloria Stewart lluny de Barcelona. El setge policial continuava, una situació a la qual la clientela del barri s'anava acostumant. Calia ser més caut amb els nous amics i discret amb el que es deia en públic i es feia a la vista.

L'ambient s'anava recuperant a poc a poc, però les nits esbojarrades, lliures i felices trigarien molts anys a tornar.

El xivato

En Juan no sembla gens sorprès de trobar-se l'estudiant assegut a la seva butaca. A la finestra, els llums de la ciutat creen un fons psicodèlic sobre el qual es retalla la silueta del noi. La nit és fosca i llarga.

—Veig que no has trigat a tornar —diu el vell amb to provocador i un vigor inaudit—. Digues què vols i toca el dos, que tinc son.

—Ja ho saps, el que vull: la veritat. I no me'n penso anar d'aquest taüt on vius sense saber-ho tot.

—La veritat ja no existeix, xaval. I si un dia va existir, ja no me'n recordo.

En Gerard no s'immuta. Sap el que ha vingut a buscar, s'està jugant la pell per fer-ho, i no pensa conformar-se amb el primer que li digui.

—Deixa'm seure a la butaca; soc vell i estic més mort que viu. I, a més, és meva.

En Gerard no es mou. Dret, apuntalant la còrpora amb un bastó que tremola, l'home només és una silueta fràgil que es pot trencar en qualsevol moment. Du un parell de fideus del sopar enganxats al batí llantiós. Vist en penombra, l'aspecte d'aquesta ruïna és tenebrós. La força que ha mostrat al primer moment s'ha esfumat de seguida; era pura fanfàrria.

—Que em deixis seure, cony! —crida mentre intenta estirar-lo d'un braç perquè es posi dret.

Però el noi se'l treu de sobre amb una manotada seca que li fa mal a l'avantbraç. S'enretira adolorit i se'l mira rabiüt. Només li queda ànim per dir un «fill de puta» que en Gerard ni sent. A l'habitació del costat algú pica a la paret: «silenci», i ells dos es miren sorpresos. En Juan, que en qualsevol moment caurà rodó, seu al llit. S'eixuga un fil de baba amb la màniga.

—L'única veritat és la vida de cada dia. Ja ho aprendràs a mesura que et vagis fent gran. Ara ets una criatura i no saps res. Oblida't d'aquesta història, és el millor que pots fer.

—És el millor per a tu, que així la dinyaràs sense haver de donar explicacions a ningú. Si vols guanyar temps estàs molt equivocat. No tinc pressa, o sigui que comença pel començament.

—I si no vull dir-te res, què? I si em poso a cridar perquè els zeladors avisin la poli? T'has posat a la boca del llop, noi. Pensava que eres una mica més llest i ja veig que ets un sòmines com tots els de la teva edat.

En Gerard baixa la cremallera de la dessuadora i treu un ganivet de cuina que deu fer uns vint centímetres de fulla. Encara que sigui de l'Ikea punxa, talla i acolloneix.

—Et penses que em fas por? No tens collons de fer-lo servir.

—No ho vulguis provar —respon el noi acostant-li la punta de la fulla.

Hi ha un moment de silenci que s'escampa per tota la residència com una vànova. Els escassos sorolls quotidians es van dissipant fins que hi ha un mutisme vertiginós, abrusador. L'estudiant té el ganivet agafat i hi passa el dit per la fulla. El vell panteixa, alguna cosa li ve al cap; es mira el noi de biaix, pensa que és un mesell, però no se'n refia. Sap que, avui en dia, el jovent mira pel·lícules d'assassinats com qui veia *Bambi* a la seva època. I els nanos es grillen mirant aquestes pel·lis, ho va llegir fa poc a *El Periódico*.

Potser serà millor que ho expliqui tot d'una puta vegada i descarregui el pap. No és que li importi gaire viure en pau amb Déu el temps que li quedi, això ho deixa pels missaires que es van a confessar, a ell això tant li fot, però fa anys que es desperta sobresaltat de matinada. El subconscient va fent de les seves, el record, cada nit una mica més confús i acusador, l'ofega; les imatges del passat li tanquen el pas de l'aire als pulmons i sent que la vida se li en va. Ha vist morir massa gent, i sap que la ranera de la mort és la més desesperant de les angoixes. Una gota de suor gèlida li recorre l'espinada quan hi pensa.

També serà la manera de treure's del damunt aquest pesat, el seu avi, la nòvia i tota la parentela que no el deixen en pau de fa dies, pensa tot fent un gruny cínic. S'escura la gola i abaixa el cap. No se'l vol mirar.

—El primer dia que vas venir a veure'm em vas dir que sense memòria mai no series res, i jo me'n vaig riure. De fet encara me'n ric ara, però és de pura insolència de vell. Jo soc d'una quinta que, a la postguerra, ens van extirpar la memòria, i per això sempre hem estat uns merdes. Crec recordar que aquell dia et vaig dir que el teu avi, jo i la gent jove d'aquella època hauríem pogut revolucionar Barcelona. Però, sense memòria i sense ser conscients de qui érem, no vam saber per on començar, i ens vam quedar en el no-res despreocupat del jazz i la nit. Aquest va ser el nostre pecat.

L'estudiant deixa el ganivet damunt la taula rodona del racó. L'escolta, però no sap què creure's.

—Què havíeu de revolucionar en ple franquisme? I, a més, a tu ja t'anava bé, allò. Eres un miserable confident de la policia.

—Això no va anar d'aquesta manera, nano. Si no saps el

que dius, calla i escolta. Tots estàvem bojos amb la música, llavors. Érem conscients que no aniríem enlloc, prou que ens deien a casa que calléssim, que abaixéssim el cap i seguíssim el camí recte; però nosaltres escoltàvem aquells discos, llegíem uns quants llibres i ens imaginàvem una vida lliure i plena, almenys mentre fóssim joves. Després, quan ens toqués, la realitat ja s'encarregaria de posar-nos al rengle. El teu avi escrivia, i ho feia força bé. Aviat va tenir una colla de joves al seu voltant, nois que valien molt, com en Vázquez Montalbán. Jo tocava el clarinet, no tan bé com m'hauria agradat, però ja en tenia prou per somiar.

—I què va passar? Per què es va acabar allò? Per què vas decidir passar-te de bàndol i fer-te informador de la policia franquista?

—Ho va decidir un mort, no jo.

—El meu avi no va tenir res a veure amb el crim del carrer d'Aragó. Això és una de les teves mentides.

—No m'estic referint a aquest mort.

—No em fotis més boles.

El vell ja no se l'escolta. Fa estona que ha caigut en el pou dels records i sap que, ara sí, no en sortirà amb vida. La veu se li torna més prima per moments, la mirada aquosa només és un baf que es dissipa pels quatre angles de l'habitació. De la seva boca pastosa les paraules surten d'una en una, mastegades. Però el noi també està pres dins d'aquella bombolla del passat en què es busca a si mateix i que és a punt de punxar. Qui en sortirà més esquitxat és un misteri.

L'enigma que en Juan s'hauria emportat a la tomba si no hagués aparegut aquell insolent estudiant i el seu coi de treball universitari es comença a desxifrar lentament, entre les penombres de l'habitació a les fosques i els llums llunyans de la ciutat.

***

—L'estiu de 1958 jo tenia 27 anys, una bona feina a l'empresa familiar que em permetia tocar-ne de calents sense fer ni brot, un cotxe i el xalet de Premià tot l'estiu per a mi. Totes les nits anava de bar en bar per la plaça Reial i aquells carrerons fins que tancaven. Sabia on trobar bon mam i les noies més maques; amb diners tot era molt fàcil, abans i ara. Si hi havia sort potser acabava la nit al xalet amb alguna mossa, mai no hi havia pressa per entrar a treballar al despatx, l'endemà.

»Però, a vegades, la nit es torçava: massa whisky, massa grifa, o massa de les dues coses barrejades. Llavors tant podia acabar a hòsties amb algun mariner americà pesat com amb algun quinqui del Somorrostro. Podia ser qualsevol cosa. Si no s'hi presentava la policia, la batussa solia derivar en un ull inflat o un tall a la cara, res important. Si hi intervenia l'autoritat, llavors ja sabia que em tocaria amollar un o dos bitllets de sota mà perquè em deixessin tranquil. Fins a la nit del 29 d'agost, un dimecres qualsevol. A les tres de la matinada, la xafogor era irrespirable, i no corria ni una ànima pel carrer.

»Jo era a la Rambla, intentant recordar on havia deixat el cotxe, quan vaig notar una punxada freda a les costelles. Algú volia la meva cartera i m'ho demanava amb poca cortesia. Li vaig dir que la duia a l'infern de la jaqueta i, il·lús, em va dir que l'hi donés immediatament. Em vaig girar lentament, es va separar de mi per tal que pogués treure el portamonedes i, mentre ficava la mà a l'interior, li vaig ventar una coça als ous que va veure la padrina. La baralla va ser terrible, però no va comparèixer ni el sereno. Quan ja feia ben bé un quart que ens esbatussàvem jo tenia la roba estripada i un braç sagnant d'un tall de navalla, i em costava força respirar per una guitza al plexe. Vaig pensar a sortir corrent cap al cotxe, però era més jove que jo i m'atraparia abans que pogués obrir la portella i enfilar-m'hi. Allò s'havia de resoldre allà mateix, a la vorera de davant de can Beristain, a hòsties.

»Però no va anar així. Al cap de cinc minuts, l'atacant jeia a terra amb el seu propi ganivet clavat al cor i ferit de mort. Suposo que, en algun moment de la baralla, i del tot encegat per la violència i la marihuana que duia a sobre, li vaig arrabassar l'arma i li vaig clavar. Però només són suposicions, en realitat mai no he sabut com va passar. Espantat, vaig agafar el cotxe i me'n vaig anar a Premià. Allà em vaig rentar bé, em vaig canviar de roba i vaig llençar la que duia a la claveguera a cel obert que desguassava l'aigua bruta i fètida a la platja. Clarejava mentre veia com el corrent s'emportava el farcell.

»Aquest és el mort que et deia abans.

»Vaig tornar a casa i li vaig explicar al pare el que havia passat. Em va respondre amb fredor que ja suposava que algun dia em passaria una cosa per l'estil. No va sentir cap mena de compassió per mi, però va complir amb l'obligació de protegir els fills que té qualsevol pare. Tres dies després jo era a París. A la ciutat, em va rebre el representant de l'empresa i em va portar a l'hotel que havia reservat, prop del barri Llatí. A partir d'aquell moment, jo era un estudiant espanyol que feia estada a la capital de França.

—O sigui, que allò d'expatriar-se cansat de la falta de llibertats del franquisme era mentida.

—Ves, és la història que m'he anat construint al llarg de tota la vida, i al final s'ha acabat convertint en veritat.

—I d'allò que vas conèixer Sidney Bechett i Don Byas, ni en pintura.

—Els vaig veure actuar alguna vegada. Vaig aprendre'n molt, veient-los.

—Continua, malparit. Explica-m'ho tot fins al final. Abans no es faci de dia. Tenim temps —l'amenaça irat.

El vell s'estintola contra el capçal del llit i la fusta barata cruix. En Gerard fa un acte reflex, però en Juan tanca els ulls, fa un gest saburrós amb la llengua i reprèn el relat.

—Ja t'ho vaig dir el primer dia que vam parlar, vaig viure més de dos anys a París. Cada mes canviava d'hotel, per cansament i per seguretat, però no feia res d'especial. Cada dia 1 del mes rebia puntualment un gir postal que em permetia portar una vida tranquil·la. Anava als museus, passejava pels jardins de Luxemburg, visitava alguna llibreria i escoltava jazz als clubs de Saint Germain. Va ser al Blue Note, a la rue d'Artois, recordaré el lloc fins que em mori, on vaig descobrir la Gloria Stewart, i me'n vaig enamorar bojament.

»Vaig anar totes les nits a escoltar-la, la vaig convidar a xampany i vaig fer tot el possible per acostar-me a ella, sense èxit. Fins i tot vaig intentar entrar a la banda que l'acompanyava; em van fer fora del local d'assaig a empentes quan em van escoltar. No hi va haver manera de seduir-la. Ella només estava per cantar i pels seus fills, que eren petits, segons em va dir en una ocasió. Quan em va comentar que es traslladava a Barcelona, perquè li havien ofert feina en un nou local que s'havia inaugurat a la plaça Reial, jo no m'ho vaig pensar ni un minut: vaig recollir la meva lleu impedimenta i vaig comprar un bitllet pel primer tren que vaig trobar. No m'importava ser detingut, si és que algú encara furgava la mort d'aquell lladregot.

En Gerard està absort en la història que li explica el vell. Dubta de fins a quin punt és vertadera, si hi ha parts que són certes i d'altres no, i com les pot distingir. També semblava autèntica i creïble la primera versió que li havia explicat feia uns dies. No es pot negar que en Juan és un entabanador de primera. A quarts d'una de la nit, enmig del silenci rotund de la residència, les paraules lentes i la veu baixa del vell sonen com trets al buit, com sentències de mort.

—El meu pare em va dir que, si tornava, em desheretava, però a mi no m'importava, en aquell moment. Jo volia aquella dona i estava disposat a fer el que calgués per aconseguir-la, fins i tot a quedar-me sense ni cinc, fins i tot a posar en risc la meva llibertat. I això és el que va passar.

»La segona nit que la Gloria va cantar al Jamboree amb els germans Hand, se'm van acostar dos paios i em van demanar que els acompanyés a fora. Eren polis, i tenien unes preguntes per fer-me sobre un xoriço que havia aparegut mort a la Rambla feia gairebé tres anys. Més tard vaig saber que va ser el meu propi pare qui em va denunciar. I aquí es va acabar tot. Després d'aquella nit mai he tornat a ser una persona lliure; ni jo ni ningú dels habituals de la plaça Reial, el teu avi inclòs.

—Per què?

—Em van proposar un pacte. Si em convertia en confident de la policia ells estaven disposats a oblidar l'incident amb el lladregot. No em va quedar més remei que acceptar. «Total, un delinqüent menys», em va dir el que feia de poli bo mentre em tustava l'espatlla. Ho van arreglar perquè em contractessin els Jazz Brothers, i jo vaig començar a inventar-me una nova història de la meva vida. Al cap d'uns dies, la comissaria de Via Laietana estava al cas de tot el que es coïa al Jamboree, al Kit Kat, al Texas i a tots els tuguris del barri.

»Cada setmana els havia de passar un informe detallat de tot el que veia i sentia i, si no tenia res prou interessant, m'ho inventava. Em tenien ben enganxat pels ous, i no els agradava que em presentés amb les mans buides. L'únic consol era que podia estar a prop d'ella, però mai no vaig aconseguir enamorar-la. Jo no era ningú, i no va tenir ulls per a mi. La Gloria anava a la seva, i els Hand eren uns paios molt llestos. Crec que s'ensumaven que jo no era aigua clara, i em feien vores sempre que podien.

Al campanar de l'església Major sonen quatre quarts. Aquells tocs són l'únic fil que uneix la situació de l'habitació 39 amb la realitat. Entremig s'obre un torbador parèntesi nebulós de més de cinquanta anys.

***

En Gerard nota com tot ell està perdent el món de vista per moments. És una barreja d'odi agressivitat i repugnància vers aquell individu del qual, entre ombres, ara a penes n'entreveu un pellingot. Però, a la vegada, també nota com una onada d'horror li puja des de les freixures, l'asfixia i li estrangula el cervell.

—M'estàs dient que vas ser tu qui va implicar en Jack Hand i la Gloria en l'assassinat d'aquell empresari?

—En Jack l'hauria empastifat amb molt de gust, però a ella mai no li hauria tocat ni un pèl, n'estava massa, jo. No hi vaig tenir res a veure. Allò va anar més o menys com van dir els diaris i com tu ja saps.

—I per què van detenir el meu avi, doncs, si ell no va tenir mai cap relació amb aquell crim, ni amb els Hand, ni amb ningú? El vas denunciar tu, oi, fill de la grandíssima puta? Els polis volien carnassa i, com que tu no tenies res per explicar-los de tot aquell merder del crim del carrer d'Aragó, et vas inventar una història perquè detinguessin uns quants habituals del Jamboree que no et queien del tot bé o amb qui t'havies enemistat pel que fos. Vaig bé, oi que sí?

—Sí —diu el vell amb un fil exsangüe de veu.

—Quina història et vas inventar, cabronàs?

—Com que en Creix, amb qui em reunia de tant en tant, es va inventar allò del «crim dels existencialistes», jo li vaig fer una llista d'uns quants suposats seguidors d'aquella ideologia i ell va estar content de poder-se'n encarregar.

En sentir allò, l'estudiant s'aixeca d'una revolada. La seva còrpora es projecta com un espectre terrorífic damunt l'ossada ajaçada del vell. Tret de la lluïssor de la fulla del ganivet, la resta és un joc de foscors.

—Et mataré —deixa anar el noi, decidit.

—Jo no li volia cap mal, al Ricardo —respon gairebé suplicant el vell—. Ens havíem discutit per gustos musicals, però no l'odiava com per posar-lo a les urpes d'aquell carnisser. Em vaig veure obligat a fer-ho per supervivència. Era així com funcionava el franquisme. La vida era una lluita diària per mantenir-se viu.

»El dia després de la batuda el vaig estar buscant per dir-li que fugís. Però va ser tan incaut que, a mig matí, va anar a comissaria a preguntar pels detinguts. El van enxampar a la mateixa porta. Ell sol es va posar a la boca del llop —deixa anar el vell d'una tirada amb la veu més convincent que és capaç de fer.

Però en Gerard ja se li està abraonant, brandant l'arma a la mà dreta.

D'una habitació propera algú protesta: Xssst. Com si l'exhortació trenqués una maledicció, el xicot s'atura, baixa el coltell a l'alçada del pit del vell i li toca la nou del coll amb la punxa.

—Els xivatos us mereixeu morir degollats com porcs.

El rostre del vell brilla com la fulla d'acer, de tan pàl·lid. És aquella blancúria lilosa dels morts.

El periodista

Barcelona, març de 1964

En Julio Serra coneixia l'advocat i periodista Joaquín Hospital Rodés d'un dia de Sant Jordi que, casualment, era a Barcelona. Solia llegir les cròniques judicials que escrivia a *La Vanguardia* i, quan va saber que dedicaria exemplars del seu llibre *100 Crónicas forenses* a la llibreria Bosch, de la ronda de la Universitat, hi va anar, li va demanar una firma, i es va presentar. Per un modest redactor de successos del *Diario de Ibiza* com ell, en Joaquín Hospital era un model a seguir. Es van escriure unes quantes vegades, van anar a dinar a can Culleretes en un parell d'ocasions en què en Serra va fer estada a Barcelona i, amb el temps, es pot dir que van fer una certa amistat. Des del primer dia en Joaquín es va oferir a passar-li informació dels jutjats de Barcelona si mai ho necessitava i no es podia desplaçar.

Tot i que havia passat un any i mig, en Julio no s'havia oblidat del crim del carrer d'Aragó. Quan va saber que la vista es faria al març, va demanar algunes dades al seu amic, i va fer un article que, a en Paco Ribas, li va semblar infinitament superior al del *Baleares*. Abans d'anar a dinar, va cridar el redactor al despatx. Damunt de la taula hi havia un bitllet d'avió i una reserva a l'hotel Suizo, de la plaça de l'Àngel.

—Jo considero que no n'hi ha per tant —va dir per fer-se el poderós—, però el dire diu que vol que continuïs la feina en directe, des de Barcelona.

A quarts de nou del matí del dimecres 4 de març, en Julio Serra feia una llarguíssima cua al Saló dels Passos Perduts de l'Audiència Provincial de Barcelona. Els judicis per crims desvetllaven passions futbolístiques i, a falta de cap altra distracció, cada dia la gentada s'agombolava a les portes del Palau de Justícia esperant poder assistir en directe a la vista i fer el seu propi judici després, que solia acabar amb el linxament moral de l'acusat.

Quan en Joaquín Hospital el va veure fent cua i amb cara de fred, el va agafar per l'espatlla i se'l va emportar a prendre un cafè. Després van passar per la sala que el col·legi d'advocats té a l'Audiència, on li va presentar uns quants lletrats «d'aquells que sempre convé conèixer».

A les nou, tots dos estaven asseguts a les taules reservades a la premsa. S'havien acreditat enviats especials de United Press, Associated Press, BBC, mitja dotzena de diaris britànics i del *Diario de Ibiza*. També hi havia els cònsols de la Gran Bretanya i els Estats Units, un assessor jurídic de les forces armades dels EUA i el capellà que assistia en James Bell Wagner des del dia que va passar a disposició judicial.

Tot i correspondre a la Secció Tercera, el judici se celebrava a la sala de la Primera, que era molt més gran. A més, el president del tribunal va disposar la instal·lació d'altaveus per tota la sala i també a l'exterior, a fi que el nombrosíssim públic que no podia accedir al tribunal pogués seguir l'espectacle com si el sentís per la ràdio. Només faltava que en Matías Prats fes la transmissió. A les deu en punt no hi cabia ni una agulla, a la sala.

L'uixer va haver de demanar silenci tres vegades. L'èmfasi de la darrera va convèncer el públic que la vista estava a punt de començar. Primer van entrar els tres homes, i després les dones. Els uns van seure a la primera fila del banc i les altres al darrere. Ells anaven afaitats i planxats. L'Stephen s'havia tret la barba, i encara semblava més mansoi. En Jimmy feia ulleres, tot ell estava més prim i tenia el mentó més afilat. En Jack, per contra, mantenia l'aire de dur i arrogant que havia mostrat ja davant de la policia. Les noies s'havien arreglat tot el que van poder. La Nancy portava un abric blanc amb caputxa ribetejada de pell. La Joan duia la llarga cabellera rossa recollida en un monyo. La Pilar, que encara semblava més menuda i graciosa, asseguda entre les altres dues, va adreçar un somriure a l'Stephen, i ell l'hi va tornar. Però tothom mirava en Jimmy.

En Julio estava nerviós i excitat. En cinc anys treballant a *Es diari*, era el primer judici important que seguia. Ho escoltava tot, ho mirava tot i ho apuntava tot, fins i tot les cares que posaven els acusats o el to de veu gruixut i directe del fiscal. En Joaquín només anotava alguna frase de tant en tant, però ell tenia una companya que s'encarregava de fer la crònica d'ambient. El seu diari havia donat màxima prioritat al judici per la mort de Francisco Rovirosa.

Preguntat pel president del tribunal, el magistrat Jaime Pamies, en Jimmy va declarar, en anglès, que havia desertat de l'exèrcit americà i que havia vingut a Barcelona perquè considerava que hi passaria desapercebut. Les primeres setmanes va viure dels diners que va treure per la venda de tres vestits, va dormir prop del port amb un altre amic i, passats uns dies i veient que no trobava feina perquè no tenia passaport, va marxar a Mallorca, primer, i a Eivissa, després, a provar sort. Allà va conèixer l'Stephen i la Pilar. L'acusat no va ser capaç d'aclarir si el ganivet el duia ell o el va treure en

Rovirosa, però sí que va deixar ben clar que els guants els va comprar, no per no deixar empremtes digitals, sinó perquè feia fred. Va afegir que va demanar una pistola a en Jack, però es va haver de conformar amb la maça d'acer.

Tot i això, el punt cabdal de la seva declaració va ser quan va explicar que, en arribar a Barcelona amb la intenció de cometre el robatori, i un cop va haver lliurat la carta al fill de la Gloria Stewart, va entrar en una farmàcia a comprar un tub de Centramina i un altre de Preludín. Tant ell com el seu advocat, Miguel Fenech, van argumentar que tot el que va passar després va ser a causa del fet que estava sota els efectes de les trenta petites píndoles de Centramina que es va prendre abans d'anar al carrer d'Aragó.

La Centramina era un amfetamínic que estimulava el sistema nerviós central i provocava eufòria. Els estudiants en prenien una per passar tota la nit sense dormir abans d'un examen. A tot Europa, la seva venda lliure estava prohibida des de 1961, però a Espanya qualsevol persona en podia comprar un tub a la farmàcia sense recepta i sense preguntes indiscretes. Barcelona era un paradís de les drogues toves, i expedir aquells fàrmacs era un bon negoci. Hi havia gent que venia de França i Anglaterra i en comprava vint o trenta tubs per revendre.

Els perits van confirmar que amb trenta centramines es perdia el món de vista, s'anava molt passat de voltes i es podia fer qualsevol barbaritat. En James Wagner va dir una vegada i una altra que «estava malalt per la Centramina», i que havien estat les culpables que no recordés el que havia passat al taller d'en Rovirosa. El fiscal hi va insistir:

—No és cert que va descarregar la maça contra el cap de la víctima i, un cop aquest estava inert, li va clavar tretze ganivetades?

—No recordo res, i mai no he vist cap navalla.

—No és cert —va insistir Manuel Casado Nieto— que va matar el senyor Rovirosa quan estava inerme i desprevingut?

—Qui estava indefens era jo —va respondre en Jimmy.

Una onada de murmuris creixents va inundar la sala. El president del tribunal va haver de demanar silenci dues vegades i el fiscal va posar el clímax emocional per acabar l'interrogatori.

Quan el seu advocat defensor li va preguntar per què era a Alemanya, en Jimmy va respondre que s'avia allistat voluntari, i que rebia instrucció i que compaginava els estudis amb la feina. Estranyat, Miguel Fenech li va preguntar llavors per què havia desertat, si tan content estava. En Jimmy va respondre que un bona dia «el van enviar a un escamot de càstig, i allà el van tractar molt malament». En aquell moment el públic va fer un silenci tens. Com podia ser que el poderós i eficaç exèrcit dels EUA maltractés un soldat que estudiava? Però el buit que s'havia fet a la sala es va convertir en un esclat d'hilaritat quan, a la pregunta de per on havia entrat a Espanya, ell, tranquil, va respondre: «Per la frontera, per on si no».

A en Julio Serra no li va fer gota de gràcia aquella resposta. Quina mena de seguretat hi havia a les fronteres d'Espanya si qualsevol podia passar-la dins d'un cotxe, com va fer l'acusat, i sense cap document?

Ell va incorporar aquella pregunta a la crònica de quatre folis i mig que va enviar a les sis de la tarda, però el censor la va retallar. El periodista no va veure el diari fins que va tornar a Eivissa, o sigui que, ben tranquil, se'n va anar a la Barceloneta a cruspir-se una paella.

***

El judici es va allargar fins el dimecres 11 de març. En Julio anava cada matí a l'Audiència i, quan acabava la sessió de la jornada, corria cap a l'hotel per escriure la crònica, que sempre era molt llarga. En Ribas li deia que el relat del judici estava agradant molt als lectors, i que cada dia anava en portada; al seu torn, ell sostenia que, com que el diari havia gastat diners enviant-lo a Barcelona, els recuperaven fent-li escriure cròniques quilomètriques que ocupaven fins a dues pàgines. Però allò no l'amoïnava. Aquell viatge era com una mena de vacances. S'estava a Barcelona, lluny de l'ambient petit i reclòs de l'illa; gràcies a l'amistat amb en Joaquín Hospital estava aprenent moltes coses de la crònica judicial i, a més, encara li quedaven les tardes i els vespres per anar al cine, al teatre (va anar a veure en Joan Capri al Romea) i voltar per llibreries, tres de les coses que més li agradaven i que, a Eivissa, no tenia gaires oportunitats de fer.

Una d'aquelles nits va anar al Jamboree. No podia ser que estigués seguint un judici en el qual s'hi havia vist barrejat el club i que, en certa manera, amagava l'intent del règim d'acabar amb la vida noctàmbula i lliberal de la plaça Reial, i que ell no el conegués. Tot el que va descobrir aquella nit el va entusiasmar. La cava, l'ambient jove i desimbolt, els músics suecs que tocaven, les copes. Tot. L'endemà l'hi va comentar a en Joaquín:

—Per què et penses que la policia va inventar-se allò del «crim dels existencialistes»? Ara mateix el jazz, la nit, les tertúlies i els joves són més perillosos per al règim que el PSUC. Però no et pensis, ni els uns ni els altres no faran res. Tenim Franco per anys i panys.

Les declaracions posteriors d'en Jack Hand, de l'Stephen i de la Pilar van estar plenes de contradiccions. Després d'interrogar els sis acusats, la família del mort, d'un acarament entre en Jimmy i en Jack, i dels informes forenses i les proves testificals, el que va semblar que quedava clar va ser que la parella que vivia a Eivissa es va desentendre de cometre el robatori, i que en James Bell Wagner no va manifestar la seva autèntica intenció a en Jack fins que van ser dins el taxi que els duia al carrer d'Aragó. Tot plegat va servir perquè el fiscal modifiqués les seves conclusions. Al començament del judici, Casado Nieto va sol·licitar pena de mort per a en Jimmy, la Pilar, en Jack i l'Stephen, però el dissabte 7 de març va presentar les conclusions definitives.

A les deu del matí la sala estava plena com un ou, però passaven els minuts i el fiscal del cas no es personava. La llum que entrava pels vitralls modernistes de la Secció Primera va inundar tot l'espai en una projecció tornassolada digna d'un calidoscopi. Els processats estaven visiblement nerviosos, els seus advocats anaven i venien, parlaven amb el magistrat i demanaven paciència. El fiscal no va comparèixer fins a un quart d'una. Va demanar disculpes a tots els presents i va engegar. Ni una mosca no se sentia en tot el Palau de Justícia.

Manuel Casado va començar dient que el retard no era imputable al Ministeri Públic. Que havia dedicat tota la tarda del dia abans i una llarga nit en vetlla a analitzar les proves practicades en el judici. I que tot just feia cinc minuts que havien acabat de mecanografiar l'escrit de conclusions definitives. Va agafar el plec i el va lliurar al president del tribunal.

—El fiscal ens podria avançar verbalment el contingut de l'escrit de conclusions definitives? —va demanar el magistrat Jaime Pamies.

A la tribuna de premsa, llibreta en mà i empunyant l'estilogràfica com si d'una espasa es tractés, tothom estava pendent de llançar-se a reproduir fins a l'últim sospir del fiscal.

La veu greu i fonda d'aquell home, que duia més de divuit hores estudiant les proves, va fer emmudir la sala, gairebé la va buidar d'aire.

—Procediré a donar lectura resumida de la conclusió cinquena —va humitejar-se els dits per passar les pàgines—. Procedeix imposar a James Bell Wagner i a María del Pilar Alfaro Velasco la pena de mort. —I va fer una nova pausa de dos segons per afermar la veu que li tremolava—. A Stephen Johnston i a John Joseph Hand, la de vint anys de reclusió menor; a Nancy Karen Hand, la de dotze anys i un dia de reclusió menor i a Joan Douglas Bryden, la de sis anys i un dia de reclusió menor. Tenint en compte per a aquestes dues darreres processades la regla quarta de l'article 61 del Codi penal: la facultat del tribunal per imposar la pena en el grau que cregui convenient quan no concorrin circumstàncies atenuants i agreujants.

El silenci es va convertir en una olla de grills. Com va poder, el jutge va tancar la sessió i va ordenar desallotjar la sala enmig de la cridòria eufòrica de l'auditori, àvid de fer pagar amb sang la sang vessada.

El diumenge, en Julio va passejar per la Rambla, el port i el barri Xino i es va regalar un dinar a Los Caracoles, al carrer d'Escudellers. L'ambient de prostitutes, mariners americans, lladregots, traficants o venedors de pornografia el van situar, en certa manera, en l'escenari que en Jimmy es va trobar quan va arribar a Barcelona fugint d'una caserna militar on, com a la majoria de casernes, no el van tractar amb la dignitat amb què s'ha de tractar les persones. És clar que la desesperació que li va ocasionar la seva situació, sense passaport i fugitiu, no excusava el seu crim, però esperava que el tribunal ho considerés un atenuant.

El dilluns i el dimarts la vista va estar dedicada als informes forenses i de les defenses. Després de la forta tensió emocional del dissabte, aquestes dues sessions van ser soporíferes. En Joaquín i en Julio es van passar més estona xerrant al Saló dels Passos Perduts que no pas al lloc destinat a la premsa. El públic també va disminuir. Un cop sabudes les conclusions del fiscal, ara ja només quedava el número final: la proclamació del veredicte. Els dies intermedis eren de tràmit.

Dimecres, el judici va quedar vist per sentència. En el darrer sospir el fiscal va respondre a la defensa de James Wagner, que havia demanat un examen psiquiàtric del seu patrocinat, dient que no era procedent segons la llei. A la demanda del president del tribunal als processats per si volien fer alguna última manifestació, tots van dir que no, tret de l'Stephen, que va reiterar que: «La Pilar no sabia res del delicte que s'anava a cometre», un darrer prec de clemència per a l'estimada. El jutge Pamies va anunciar que la sentència es llegiria en vista pública el dilluns dia 16 a les dotze del migdia. Els cònsols del Regne Unit i dels Estats Units van saludar el jutge, el fiscal i els advocats.

—Sabíem que Espanya és un país d'antiga civilització que no podia defraudar-nos. Aquest procés ens ha fet aprendre moltes coses. Realment ha estat d'una grandesa impressionant —va dir el nord-americà al fiscal Manuel Casado.

En Julio Serra va passar la seva darrera crònica i, amb tristesa, va desar la màquina d'escriure dins la funda. Els últims dies havia somiat que es quedava a Barcelona fent de corresponsal del diari. Segur que cada dia trobaria un bon tema que agradaria als lectors. Li costava fer-se a la idea que havia de tornar a Eivissa. Va sopar amb el seu amic i mestre, i se'n va acomiadar amb un cert enyor avançat.

—Segur que a *La Vanguardia* no necessiten cap redactor?

En Joaquín li va dir on podria aconseguir una ampolla de

bon whisky. Quan, atordit, es va despertar l'endemà a penes en quedava un cul.

***

Prop d'un centenar d'advocats van anar a escoltar la lectura de la sentència del crim del carrer d'Aragó. També hi havia els representants consulars i més periodistes que durant la vista, fet que els obligava a treballar gairebé un damunt de l'altre. La resta de la sala, inclosos els passadissos, estaven plenes de públic a vessar. La calçada del Salón de Víctor Pradera es va haver de tallar al trànsit, més de 1.500 persones ocupaven el passeig per escoltar la sentència a través d'uns altaveus exteriors.

Hi havia de tot, desenfeinats, curiosos, estudiants de dret i un jove estudiant de ciències polítiques a la universitat de Madrid, que va anar a Barcelona atret per la idea de convertir aquella història en un guió cinematogràfic. Francesc Betriu, que així es deia, va arribar a escriure aquell guió, però la producció no va progressar i el va acabar extraviant. Dins i fora del Palau de Justícia, el xivarri era insuportable

El jutge Jaime Pamies estava indignat per l'espectacle: «Si no cessa el soroll immediatament ordenaré desallotjar la sala». No ho va aconseguir del tot, perquè part de l'escàndol provenia del Saló dels Passos Perduts i del carrer, però va assolir un nivell suportable per poder donar lectura al veredicte.

La sentència va declarar que els fets havien quedat provats, i que la Pilar i l'Stephen n'eren responsables com a cooperants directes. A James Wagner, les circumstàncies agreujants d'ús d'armes no es consideraven en grau de traïdoria. La baralla entre ell i en Rovirosa va ser cara a cara i en igualtat de situació, ja que tots dos eren pràcticament de la mateixa envergadura. També es considerava en Wagner un inadaptat social, raó per la qual el tribunal va fer ús de la facultat discrecional i va deixar d'aplicar la pena de mort per substituir-la per la de presó major en el seu grau màxim. Aquesta mateixa facultat es va aplicar en la resta d'encausats.

Finalment, el ponent va fer una pausa, va estossegar, va beure una mica d'aigua i va fer una veu encara més greu per passar a llegir la part dispositiva.

—Fallem que hem de condemnar i condemnem James Wagner, com a autor d'un delicte de robatori amb homicidi, a la pena de trenta anys de reclusió major; a María del Pilar Alfaro, com a autora, a vint-i -tres anys.

En aquell moment des del públic algú va cridar: «a mort», i el president de la sala, visiblement molest, va demanar a la policia que identifiqués i detingués l'individu que havia proferit el crit.

—Impartir justícia és un espectacle que excita el populatxo —va comentar en veu baixa en Joaquín al seu amic.

El president de la sala va ordenar que es prosseguís amb la lectura de la sentència.

—També condemnem Stephen Johnston, com a autor, a vint-i-un anys; John Joseph Hand, com a autor també, a la mateixa pena; la processada Nancy Karen, com a còmplice, a dotze anys i un dia de reclusió menor, i Joan Douglas Bryden, com a encobridora, a sis anys i un dia de presó major. A més, els condemnats han d'indemnitzar amb 250.000 pessetes els hereus de la víctima.

El judici havia acabat i, amb ell, la tèrbola història d'una colla que no tenien res a veure amb l'existencialisme, i amb un absurd i infructuós robatori que va acabar de la pitjor manera possible.

El *Diario de Ibiza* va publicar com va voler, i com la censura li ho va permetre, les cròniques del judici. La majoria de textos que va enviar en Julio Serra es van convertir en libels sensacionalistes i en al·legats contra el jovent esgarriat i les modes estrangeres. No era estrany que els lectors devoressin amb avidesa la sessió diària de carn podrida que els va donar el seu diari durant una setmana.

En Julio va estar al cas del veredicte del tribunal al teletip de l'agència Efe conforme arribava a la redacció d'*Es diari*. Mirava el llarg xurro de paper que escopia la màquina a ritme de tecleig, però no el llegia. Tenia la ment lluny de la sala de teletips del diari. Era a l'Audiència, al Jamboree, a los Caracoles, al carrer de les Tàpies, al Romea o a l'Alexandra.

Va escriure un text distant, mecànic i tan succint com va poder, per evitar haver-lo de refer tres vegades.

Quan el va lliurar es va tornar a sentir pitjor que una puta. Ara que n'havia conegut algunes del barri Xino de Barcelona, considerava la feina d'aquelles noies més noble i honesta que no pas la seva.

El ganivet

Estirat al llit i amb el ganivet apuntant-li directe al coll, el vell sap que morirà. Ha sobreviscut a mil emboscades de la vida, a malalties, a l'abandó, però ara s'adona que li ha arribat l'hora. La força del jove és inaudita i absoluta. El té dominat, i només el xicot pot decidir quin serà el seu futur immediat. No li vol ni demanar clemència, rebaixar-se no li servirà de res; a més, serà una mort indigna. Prefereix mantenir el repte fins el darrer instant, fins que noti una glopada de sang borbollant del trau a la gola. Per això continua parlant.

—Vaig saber que van deixar anar en Ricardo al cap de tres o quatre dies, i ja no vaig saber res d'ell mai més fins que, al cap de deu o dotze anys, algú em va dir que havia mort. Amb els anys vaig aconseguir esborrar de la ment aquell episodi desgraciat, fins que vas aparèixer tu i em vas empènyer al pitjor infern de la meva vida.

—I bé que t'hi vas cabussar amb ganes, cabró. M'has mentit més que no parles. Sabies que, tard o d'hora, passaríem comptes, i vas arreglar la història per quedar com un sant. Doncs s'ha acabat, això d'embolicar la troca, ha arribat el moment.

—Però què coi li va passar, al teu avi? De què va morir?

No em diràs que d'una costella trencada a hòsties deu anys enrere?

En Gerard es mira en Juan amb cara de fàstic. Ara mateix li obriria el coll en canal. Seria un tall net, silent, ràpid. Fa dies que hi somia i se'n mor de ganes. Però el cap li diu a la mà que s'aturi un moment, que ja hi haurà temps per rabejar-se. El reu té dret a saber per què se'l condemna a la pena capital. La mà que subjecta el coltell es destensa, la fulla s'aparta un pam del cos del condemnat. L'execució llargament esperada es posposa per un moment. És ell qui té l'última paraula.

—El van trobar unes monges en un camí de Vallvidrera. Estava fet un nyap. Tenia no sé quantes costelles trencades, blaus a tot el cos i un cop molt fort a la pleura. Es va passar quinze dies a l'hospital i va sobreviure de miracle. Però, tot i que físicament es va recuperar, quan va tornar a casa ja no era el mateix, segons em va explicar el meu pare. Va parlar amb advocats, va escriure un article, que ningú no li va publicar, denunciant el cas, i va provar de portar la policia als tribunals, però mai no li van admetre les denúncies. Encara va ser pitjor: al cap de sis mesos el van fer fora del banc, sense explicacions de cap mena. El Popular és el banc de l'Opus Dei, a en Creix no li va costar gens moure els fils perquè l'acomiadessin. No va tocar la família, com l'havia amenaçat que faria, però va ser pitjor.

El vell té ara els ulls oberts com taronges. Escolta el noi, però el cap li va a mil per hora. Està escurant les darreres forces que li queden a les neurones.

—Amb el cos castigat, l'honor tacat i sense feina, l'avi Ricard es va anar enfonsant a poc a poc. L'home intel·ligent, viu i xerraire que era es va anar pansint. Es va tancar en si mateix i es va culpabilitzar de la desgràcia que estava perjudicant tota la família. De res va servir que l'àvia obrís una botiga de llegums, que li va anar força bé i els va permetre viure sense penúries. Ell li duia els números i l'ajudava amb els proveïdors. Durant un temps va fer l'efecte que es refeia. El petit Ricardet creixia sa i content, i el pis era suficient per a tots tres. Però el seu despatx va quedar buit per sempre; no va tornar a escriure mai més.

»Fins que una matinada aquella aparent serenitat va esclatar. El cos i la ment de l'avi no van poder suportar més la pena que arrossegava feia any i mig, i li va agafar un atac de feridura. Els capil·lars de les artèries que duen la sang al cervell, a les cames i als pulmons es van obstruir, i va quedar paralitzat de mig cos. Mut, coix i manc, com un ninot grotesc. Gairebé dotze anys amb aquesta condemna de la qual n'ets el principal culpable.

»Fa més de cinquanta anys que la meva família arrossega el record d'aquesta calamitat. Dues generacions i mitja de desmemòria forçada per poder tirar endavant. Però ara ha arribat el moment d'expiar la pena. El net petit serà l'encarregat d'acabar el dol, passar comptes i fer foc nou.

—I el teu treball de l'escola? —deixa anar el vell sense esma.

—A prendre pel cul el treball. No em cal escriure res; ho estic vivint, que és el que compta. La majoria d'escriptors expliquen moltes coses i en viuen ben poques. Per això les novel·les d'avui són tan avorrides. Fixa't quina tesi més bona, oi? No em cal anar a la universitat; allà hi ha més mort que vida.

En Juan no entén res. L'estudiant sembla embogit del tot, fora de si. Ara mateix, d'una revolada, tant li pot clavar una ganivetada al cor com seccionar-li la jugular d'un tall. En tots dos casos és la mort. Si és el que vol, com li ha dit fa un moment, per què allargar més l'agonia?

—Vinga, xaval. Acaba amb mi d'una punyetera vegada, que tinc ganes de descansar en pau. Ara ja saps tot el que t'havia de dir. No em maregis amb teories estúpides de nois de casa bona.

Però en Gerard té la consciència perduda en algun racó de la ment. Verbalitzar la malaltia de l'avi l'ha trasbalsat, i ara, el ganivet, l'aguanta una mà inconsistent.

Al campanar llunyà toquen les dues.

«Una hora bona per morir», es diu el vell.

***

L'estudiant pensa un moment en el seus pares, en la Clara, en els amics de l'insti, i en els companys i els profes de la universitat. Què diran quan sàpiguen el que és a punt de fer? S'horroritzaran quan ho sàpiguen? Molt, segur. Patiran per ell? Sí, d'entrada sí. Li faran costat al judici, l'aniran a visitar, li escriuran llargues cartes plenes de falses esperances, el consolaran i li portaran llibres. Després l'aniran oblidant a poc a poc, perquè cadascú té prou feina amb la seva vida, i ell s'anirà podrint en alguna presó de la Generalitat. I el dia que en surti, si és que li arriba mai la llibertat, ja ningú no el recordarà. Millor que sigui així. Serà algú altre, sense passat, sense ningú, com aquest puto vell que és a punt de matar.

Pensa en el verb matar, i la mà aferma de nou el mànec del ganivet. Pel tremp s'adona que ha arribat el moment. El vell també ha percebut el canvi, per això concentra tota l'escassa força que li queda a l'ossada a la cama esquerra. És la que queda més lluny del noi, però també és la que li queda més lliure. Sap que es farà mal, que li quedarà el peu tan adolorit per l'impacte que potser no es podrà ni bellugar. Però amb els anys ha après que, quan ho tens tot perdut, no val la pena escatimar ni la darrera engruna. I descarrega una puntada de peu al costat esquerre del xicot que el desequilibra i li fa caure el ganivet de la mà.

Agafat en fals, en Gerard queda descol·locat. Ha perdut la posició de domini sobre el cos inanimat del vell i, a més, ha de localitzar ràpidament l'arma. Deu haver lliscat entre la roba del llit. A les fosques com estan, la lluïssor de la fulla no es veu enlloc.

L'ancià està exànime. Ha consumit el darrer gram de fúria, i mira que en tenia per donar i per vendre, de jove. Es mira l'estudiant i espera la seva reacció.

—Què pretens, morir lluitant? —li diu aquest.

—És el que he fet tota la vida. Vine, vine ara i acabem. T'ho he posat ben fàcil. Mira com estic, estirat, fatigat. Em costa respirar per l'esforç que he fet. Era la meva darrera carta, bé l'havia de jugar, no?

En Gerard no respon. El ganivet no apareix, pensa que probablement ha caigut sota el llit, però ara no pot ajupir-se a buscar-lo, seria fatal.

—Vinga, va, mata'm d'una puta vegada.

Encès per la provocació, no hi pensa més i s'abraona sobre la víctima, li aferra la gola amb les dues mans i l'escanya amb totes les seves forces. L'esòfag de l'home deixa anar una alenada ronca i agònica. Els ulls gairebé li surten dels òrbites, la pell blanca passa a ser roja i morada en segons. Tot en el seu cos és un esforç desesperat per captar aire cap als pulmons i que la sang circuli cap al cor. Belluga estúpidament les cames i aleteja els braços en un intent inútil de desfer-se de l'agressor.

És en un moment d'aquesta mena de batre d'ales anguniós i letal quan la mà dreta topa, casualment, amb el ganivet. L'aire ja no li arriba, les cames es rendeixen i els ulls a penes intueixen una percepció entelada de l'estança; però albira el centelleig d'una cosa que brilla. L'agafa, l'aixeca com pot i, en un darrer esforç rabiüt, clava la fulla de la daga al costat del noi que, sorprès i adolorit, afluixa la pressió al coll d'en Juan.

De sobte, l'aire torna a fluir cap als pulmons, la sang circula i els nervis es tensen lleugerament. Tot li serveix per carregar el braç de còlera altra vegada. Treu la fulla que ja ha clavat fins a l'empunyadura i torna a enfonsar-la dins el cos del noi que, definitivament, deixa de pressionar-li la tràquea.

Reforçat, insisteix una, dues i fins a tres vegades més en la ganivetada. Ara són els ulls de l'estudiant els que es desorbiten. Sent com les cames li flaquegen i els braços, sense cap força, fallen abatuts. El cos sense vida del noi li cau al damunt com un sac de patates, gairebé l'ofega. En Gerard mor sense cridar, a penes ha deixat anar un gruny d'estupor ofegat en un vòmit de bilis.

El vell es treu del damunt aquella nosa i mira desconcertat la sangada que l'envolta. Per un moment li passa pel cap la idea de suïcidar-se i estalviar-se tot el que passarà al cap d'una estona. Però, amb vuitanta-sis anys, què li poden fer ja que no li hagin fet?

Prem el botó d'emergència i s'asseu a la butaca a esperar el zelador.

El vuitè dia

El 1964, el règim s'havia consolidat del tot. Vint-i-cinc anys després, Franco ja no era el militar sanguinari que havia guanyat una guerra, era l'estadista que havia donat a Espanya un llarg període de pau, complementat pel progrés econòmic del *desarrollisme* dels feliços seixanta.

Per tal d'enaltir la nova Espanya es va organitzar una campanya propagandística dels XXV Años de Paz que buscava difondre la imatge actual i de progrés social del país. Immersa en la nova societat de consum, que permetia tenir frigorífic, batedora i un 600 a còpia de firmar piles de lletres, la majoria de la població estava tan marejada com satisfeta amb la modernitat, i ja no volia sentir a parlar ni de la guerra ni dels seus propis morts.

En un estudiat gest de bondat, i també per celebrar l'elecció del papa Pau VI, Franco va proclamar una amnistia per a presos comuns. Abans de deu anys, tots els condemnats pel crim del carrer d'Aragó ja havien sortit de la presó i eren fora del país. La venda lliure de Centramina, però, no va ser prohibida fins nou anys després.

Tanmateix, l'obertura econòmica no va tenir continuïtat. Mentre el discurs oficial del franquisme mantenia la intransigència política, social i moral, les noves generacions nascudes a la postguerra començaven a propagar tendències culturals, ideològiques i artístiques que xocaven frontalment amb l'esperit conservador i clericalista del poder.

El jazz era una de les estètiques contemporànies que els dirigents franquistes veien amb més hostilitat, i el judici a en Jimmy i companyia va ser el millor altaveu que van tenir per desprestigiar-ne la música i, sobretot el seu públic jove, inquiet i amb ànsies cosmopolites. Malgrat les dificultats administratives i el rebuig d'una part de la ciutadania, adoctrinada pels pamflets de certa premsa que insistien que el jazz era una música poc menys que degenerada, els anys següents el Jamboree va programar els millors concerts de la seva història. Grans noms de l'escena internacional com Ornette Coleman, Dexter Gordon o Art Farmer van portar nits de glòria a la plaça Reial.

Quan, el 25 de gener de 1966, en Joan Rosselló va aconseguir portar al Palau de la Música Ella Fitzgerald i Duke Ellington per celebrar el sisè aniversari del club, les profecies sobre la mort de la cava de la plaça Reial semblaven només el desig delirant d'aquells que, ancorats en el passat, es negaven a entendre que el món, fins i tot a la grisa i vençuda Barcelona, avançava.

Però l'endemà la ciutat commemorava el vint-i-setè aniversari de la Liberación, i la missa a la Mercè, el discurs abrandat del capità general i les inauguracions, vins espanyols i lliuraments de medalles per mèrits incerts, van fer tornar de nou a la realitat a tots els que, en sessió de tarda i nit, havien omplert el Palau per escoltar les dues personalitats més influents de la història del jazz fins al moment.

Dos anys després, l'empenta de nous temples de la modernitat, com ara va ser Bocaccio, i la davallada del públic, van provocar que el Jamboree Jazz Cava hagués de tancar. En aquella Espanya immòbil, el vuitè dia del poema que el jove Manuel Vázquez Montalbán va dedicar al club no va arribar mai. L'esperit pioner del Saint Germain local, del Greenwich Village casolà, va desaparèixer per sempre.

***

Quan va ser expulsada d'Espanya, la Gloria Stewart i els seus fills es van traslladar a Berlín, on va seguir treballant. Poc després, quan el Tete Montoliu va deixar el Jamboree, van tocar junts a Alemanya. Va ser una memorable i dolça evocació dels vells temps. El pianista i la seva dona eren com família per als Stewart, fins i tot havien dinat plegats més d'un Nadal.

En aquell temps en què el jazz era com una nació d'esperits lliures, units i iguals, molts altres amics també van estar sempre al seu costat. Dexter Gordon va convidar els seus fills a Estocolm mentre ella treballava. I a París va ser el trompetista Bill Coleman qui els va acollir.

Malgrat el desànim dels seguidors barcelonins per la seva abrupta partida, que va alimentar tota mena de llegendes sobre la vida de la cantant, la Gloria Stewart no va abandonar la seva carrera musical. A Suïssa va gravar un disc amb el Manfred Burzlaff Quartet. Es deia *Gloria Stewart, Jazz for dancing*, i a la portada hi figurava la foto d'una cantant negra que, inexplicablement, no era ella. Quan el Jamboree va tancar, la Gloria estava cantant diàriament al musical *Hair* que es representava al Shaftesbury Theatre, de Londres. Hi va treballar algunes temporades, i va enregistrar el disc de l'espectacle, que la Decca va publicar aquell mateix any.

Al cap d'uns anys, va ser autoritzada a tornar a Espanya. El jazz ja no era un perill públic i els existencialistes anaven a la baixa. Els hippies eren la nova tendència estrangeritzant, però llavors els forasters ja no es veien amb tant de recel com dotze anys enrere. Potser perquè enyorava la passió dels seus seguidors espanyols, la Gloria es va instal·lar a Eivissa, que al principi dels setanta era l'indret més emergent de l'avantguarda cultural.

S'hi va traslladar amb un anglès molt ric, i amb la seva filla Deborah i la família de la noia. Van llogar un xalet a Sant Antoni de Portmany, el lloc més in de l'illa.

Un dia de 1974, mentre parlava amb la seva filla, va sentir un rodament de cap. Només va ser a temps de dir: «crec que estic a punt de desmaiar-me», i va caure als braços de la Deborah. La Gloria Stewart va morir d'un atac de cor als quaranta-vuit anys.

Va morir amb la mateixa aparent tendresa amb què cantava. La seva capacitat per seduir l'auditori, la seva entonació complaent i insatisfeta a la vegada i aquella misteriosa nocturnitat que transmetia, la van convertir en musa de tots els ciutadans de la república lliure de la plaça Reial. Va fer intel·ligents els nois que omplien la cava amb llibres, cançons i cubalibres. Els va incitar a tots els somnis impossibles i es va deixar adorar per les ombres del barri i pels honestos escombriaires. I potser va ser també la inspiració d'algun aprenent de poeta que, en va, buscava en el seu esguard, dolç i amargant, el tan esperat vuitè dia de la setmana.

Qui la va veure actuar alguna vegada no l'ha oblidada mai.

La Vanguardia, dimarts 25 de gener de 1966, pàgina 42.